조국과 민족을 위해 모든 것을 바친

애국지사들의 이야기·2

– The story of Korean patriots

애국지사 기념 사업회 (캐나다)
Canadian Association for Honouring Korean Patriots

Do you know?
Do you know?
Did you know?
Did you know?

2018
신세림출판사

조국과 민족을 위해 모든 것을 바친

애국지사들의 이야기·2

– The story of Korean patriots

발간사

"애국지사들의 이야기·2"를 펴내며

애국지사기념사업회(캐나다) 회장 김 대억

2010년 3월 15일 발족한 애국지사기념 사업회는 지난 8년 간 빼앗긴 나라를 되찾기 위하여 바칠 목숨이 하나 밖에 없음을 한탄하며 일제에 맞 서 싸운 애국지사들의 고귀한 민족애를 우리의 가슴 속에 깊이 새기고, 이역 땅에서 살아가는 우리들의 후손들에게 전해주기 위해 최선을 다해 왔다.

김구 선생, 안중근 의사, 안창호 선생을 위시한 열일곱 분의 애국지사들의 초상화를 제작하여 동포사회에 헌정했으며, 일곱 차례에 걸쳐 애국지사들을 주제로 한 문예작품을 공모 시상하였다. 캐나다에 살고 있는 동포들과 그네들의 자녀들이 나라와 민족을 위해 목숨을 초개같이 버린 독립투사들의 위대한 삶에 대해 다시 한 번 생각하며, 그 분들을 본받을 수 있는 계기를 마련하기 위함이었다. 아울러 이 땅에서 태어났지만 그들이 한민족의 후예들임을 확인하며 살아가기 위해 우리말을 배우는 2세들에게 그들의 자랑스러운 선조들이 어떻게 살았는가를 여러 차례에 걸쳐 들려주기도 했다.

이 밖에도 기념사업회가 창립목적을 달성하기 위해 애국지사들

애국지사기념사업회(캐나다) 회장 김 대억

에 관한 역사적인 자료와 문헌과 사진을 수집하는 등 여러 가지 사업들을 전개했지만 가장 보람되게 여기는 것은 2015년에 "애국지사들의 이야기 · 1"를 발간한 것이다. 열여덟 분 애국지사들의 생애와 그들의 업적을 간추려 수록한 이 책은 가혹한 일제의 식민통치로부터 벗어나기 위해 흘린 독립 운동가들의 고귀한 피의 가치와 그것이 맺은 결실을 캐나다 동포들에게는 물론 국내에 알리는 데 큰 역할을 했다고 자부한다.

곧 이어 "애국지사들의 이야기" 제 2권을 발행하려 했는데 여러 가지 사정으로 지연되다 이번에 출판되어 되어 기쁜 마음 금할 수 없다. 이번 나오는 2권에는 조만식 선생, 조소앙 선생, 이승만 박사, 이시영 선생, 김 마리아 여사 등의 애국지사들과 삼일운동의 서른네 번 째 민족대표로 알려진 스코필드 박사와 일제의 잔인함과 악랄함을 전 세계에 알린 캐네디언 후레드릭 기자의 이야기를 수록하였다. 또한 한국전쟁이 발발하자 캐나다 군인으로 가평전투에서 싸운 크라이슬러 씨를 찾아 대담한 참전용사 탐방기도 실었다. 대한민국의 자유와 평화를 위해 국경과 민족을 초월해 싸워준 이들도 있음을 널리 알리기 위해서다. 이 밖에 그간 기념사업회에서 실시한 문예작품 공모에 응모하여 우수작으로 선정된 작품들을 몇 편 선정하여 실었다.

"애국지사들의 이야기 · 2"의 발간을 축하하여 축사와 격려사를 써주신 연아 마틴 연방 상원의원님과 정태인 총영사님, 김명규 한국일보 발행인님, 그리고 송승박 재향군인회 회장님에게 진심으로 감사 드린다. 지난번에 이어 이번 제 2권의 출판도 기쁘게 허락해 주신 도서출판 신세림의 이시환 사장님께도 머리 숙여 감사 드린다.

기념사업회가 이번 발행하는 "애국지사들의 이야기 · 2"를 통해 국내외의 동포들이 우리민족이 암흑 속에서 헤어 나와 광명한 세상에 우뚝 서게 해주었으며, 대한민국이 선진국들과 어깨를 나란히 하고 전진하는데 초석이 되어주신 애국지사들의 숭고한 정신을 기리고, 그 분들의 후손으로서 부끄러움 없이 살아갈 마음의 자세를 확립하게 되기를 바라는 마음 간절하다.

2018년 3월

SENATE **SÉNAT**

The Honourable Yonah Martin L'honorable Yonah Martin

CANADA

March 2018

CONGRATULATORY MESSAGE FROM THE HONOURABLE YONAH MARTIN

I am delighted to extend my warmest congratulations to the authors, editors, publicists and all those involved in the publication of *The Story of Korean Patriots II*. As a daughter of Canada and Korea, the stories of Korean patriots during the Japanese occupation from 1910 to 1945 come close to my heart as my own parents were born on in the 1930's and experienced this colonial period first hand.

As Canadians of Korean descent, we must remember and honour the stories of remarkable patriots, including those of Canadians like Dr. Francis Schofield, who advocated for the freedom of the Korean people and supported the 3.1 Independence Movement of 1919. They were the voice for the weak and oppressed; and it was them who instilled hope and brought Koreans together during a time of darkness and suffering.

Over the past several decades, Korea has achieved impressive economic growth and development, proving itself to be a model country of freedom, democracy and human rights. But the Korea of today would not be in existence without the selfless patriots and Korean War veterans whose service and sacrifice laid the firm foundation.

I wish to acknowledge President Dae Eock Kim and the editorial board for their leadership and dedication to this cause. Their investment of countless hours and energy into this publication will be worthwhile as the stories get passed down from generation to generation.

On behalf of the Senate of Canada, congratulations to the successful completion of this meaningful publication. We must always remember. Lest we forget. Nous nous souviendrons d'eux.

Sincerely,

The Hon. Yonah Martin
Deputy Leader of the Opposition in the Senate
Co-Chair of Canada Korea Interparliamentary Friendship Group

Room 383-S Centre Block, Parliament Hill, Ottawa, Ontario K1A 0A4 | martin@sen.parl.gc.ca

축사

“애국지사들의 이야기·2” 발간을 축하하며

캐나다 연방 상원 의원 연아 마틴

“애국지사들의 이야기 · 2”의 필자, 편집자, 홍보 담당자, 그리고 이 책자 발간에 관련된 모든 분들에게 축하의 말씀을 드리게 된 것을 기쁘게 생각합니다. 캐나다와 한국의 딸로서, 또 1930 년대에 출생하였기에 일본의 식민통치를 직접 체험한 부모의 딸로서 1910년부터 1945년까지 일제의 통치 하에서 투쟁한 애국지사들의 이야기는 제 가슴을 뜨겁게 해준다는 사실을 말씀 드리고 싶습니다.

한국계 캐나다 시민들은 한국인의 자유를 위한 대변인 역할을 했으며, 1919년에 일어난 삼일운동을 적극적으로 지원한 후랜시스 스코필드 박사를 포함한 독립투사들의 업적을 기억하며, 그 분들의 고귀한 정신을 기려야 할 것입니다. 그들은 힘없고 억압당하는 사람들을 대신해 싸웠습니다. 동시에 그 분들은 어둡고 괴로운 시기에 한국인들에게 희망을 안겨주며, 온 국민을 하나로 뭉치게 했습니다.

캐나다 연방 상원 의원 **연아 마틴**

지난 수십 년 간 한국은 놀랄만한 경제성장을 이룩하고, 나라를 발전시킴으로 한국이 자유와 민주주의와 인권을 보장하는 국가의 표본임을 증명했습니다. 그러나 자기 자신을 초개같이 여긴 애국지사들과 한국전에서 싸운 용사들의 희생과 봉사가 쌓아 올린 견고한 기초가 없었다면 오늘 날의 한국은 존재하지 않을 것입니다.

"애국지사들의 이야기 · 2"을 펴내기 위해 김대억 회장과 편집자들이 보여준 솔선수범과 헌신적인 노력을 높이 평가합니다. 그들이 이 책을 발간하기 위해 바친 많은 시간과 정열은 애국지사들이 한 일들이 후손들에게 계속적으로 전해질 수 있게 했다는 점에서 값지고 보람된 투자가 아닐 수 없습니다.

캐나다 연방 상원을 대표하여 이 의미 있는 책이 출판되는 것을 진심으로 축하 드립니다. 과거를 잊지 않으려면 항상 기억해야 합니다.

2018년 3월

축사

발간을 축하드리며...

주토론토총영사 정 태인

2014년 '애국지사들의 이야기' 1권 이후 금번 2권을 발간하게 된 것을 진심으로 축하드립니다.

애국지사기념사업회는 지난 2010년 출범 이래 애국지사들에 관한 여러 사업을 통해 우리 한인들과 동포 2세들에게 애국지사들의 숭고한 뜻을 알리고 애국심을 고취시키는데 소중한 노력을 기울여 왔습니다.

우리 민족이 지난 100여 년간 역사의 어려운 시련을 극복해낼 수 있었던 것은 바로 수많은 애국지사들의 헌신과 희생이 있었기에 가능했습니다.

독립 운동가들이 제대로 된 예우를 받기까지는 해방이 되고도 오랜 시간이 걸렸습니다. 독립운동가 한 분이라도 더, 독립운동의 한 장면이라도 더 찾아내 알려지고 예우되어야 합니다. 그런 점에서 이번 책자 발간과 같은 노력이 더욱 소중하다고 할 수 있습니

주토론토총영사 정 태인

다.

'애국지사들의 이야기 · 2'를 발간하기 위해 수고하신 애국지사 기념사업회 김대억 회장을 비롯한 관계자 분들의 노고를 치하 드립니다. 아울러 이 책을 통해 애국지사들의 숭고한 애국애족 정신을 동포사회에서 다시 한 번 되새겨 보는 기회가 되길 기대합니다.

2018년 3월

축사

수고하신 모든 분들께 깊은 감사를 드린다

한국일보사(캐) 발행인 **김 명규**

국가가 국가다운 것은 지위의 고하를 막론하고 상벌을 줄 때 원칙을 지키는 것이다.

한국의 대통령 4명이 법의 심판을 받는다는 것은 동서양을 막론하고 전무후무하다. 이런 상황이 정치적 보복심리 없이 법대로 집행되고 앞으로도 그렇다면 한국은 조만간 망할 나라가 아니라 건실하게 자랄 나라다.

우리는 어느 쪽일까.

현재의 이 상황을 우리 스스로 판단하기가 어렵다면, 목숨을 내놓고 독립운동을 하던 선각자들의 지혜를 빌리고 싶다.

그들이라면 조국을 진정 사랑하는 마음에서 공명정대한 결론을 명쾌하게 줄 지 모른다.

우리는 독립투사들의 지혜뿐 아니라 정의에 대한 그들의 투철한 의지를 전수받아야 한다.

애국지사회가 두 번째 책을 내는 이유도 여기에 있을 것이다.

한 권의 책이 만들어지기까지는 여러 사람의 손이 필요하고 또

한국일보사(캐) 발행인 김 명규

자금이 드는 일이다.

그러나 그것은 후대에 전해지는 중요한 문화유산이다.

우리의 후대는 "그때 선조들은 타국의 어려운 여건에서도 우리를 위해 독립운동가들의 조국애를 책으로 남겼어. 우리가 읽고 배우라고" 하면서 고마워할 것이다.

책이 발간되면 이를 널리 보급하고 자녀들과 함께 읽으면서 독립투사들의 정신을 깊이 심어줘야 하는 것은 모든 동포의 의무가 아닐까.

수고하신 모든 분들께 깊은 감사를 드린다.

2018년 3월

축사

'애국지사들의 이야기' 제2집 출간을 축하드립니다

재향군인회 캐나다 동부지회 회장 송 승박

캐나다판 "애국지사들의 이야기" 제2집 이 출간되었음은 동포 사회는 큰 업적이요 자랑이라 하겠습니다. 본 2집에는 이승만, 이시영, 조만식, 조소앙, 김마리아, 스코필드 박사, 그리고 생존해 계신 캐나다 6.25참전용사(가평전투) William Chrysler 등의 이야기가 실려 있습니다.

금년은 1910년 나라의 주권을 약탈당한 지 108년째 되는 해이고, 6.25전쟁으로 인해 남북한이 폐허로 변한 지 65주년이 되는 해입니다. 하지만 4.19와 5.16을 거치면서 불과 50년여에 전 세계 교역권 10위안에 드는 엄청난 기적을 일구어낸 위대한 나라인 것입니다. 위대한 나라에는 기필코 그에 합당한 지도자들이 있을 수밖에 없고 본 "애국지사들의 이야기 제2편"에는 그 위대한 지도자 여러분들의 조국을 향한 사랑과 희생의 정신이 어린 한 분 한 분의 이야기가 담긴 것입니다.

백성과 영토는 있으되 주권을 잃고 식민지 치하에서 허덕이던 당시 조국 대한민국의 자주독립과 영광을 되찾고자 생명 바쳐 온갖 노력을 경주하신 한 분 한 분을 재 조명함으로써 우리의 역사를

재향군인회 캐나다 동부지회 회장 송 승박

올바로 이해시킴은 물론이고 후손에게 그분들의 고귀한 나라 사랑과 민족혼을 전수시킬 수 있는 귀한 책이라고 말할 수 있겠습니다.

이 책으로 인해 역사의식이 한결 강건해지고 자랑스러운 대한민국의 영원한 발전에 초석이 될 것임을 간절히 희망하고, 굳게 믿는 바입니다.

본 “애국지사들의 이야기” 제2권을 출간하신 김대억 회장님의 노고를 치하하고 또한 고마움의 뜻을 독자들과 함께 하고자 합니다.

자유민주주의 대한민국의 평화통일과 무궁한 발전에 한 획이 될 것을 굳게 믿어 의심치 않습니다.

2018. 3. 31

차례

애국지사들의 이야기·2

차례

CANADIAN CONTRIBUTION TO THE KOREAN WAR

한국전에 있어서의 캐나다의 기여

부록

| 화 | 보 |

사진으로 되돌아 본
애국지사기념사업회(캐나다) 8년

"고난역사를 이민정신으로"

'애국지사 기념사업회' 출범

1. 애국지사기념사업회 창립추진

2010년 2월 22일, 경술국치(1910년) 100주년을 맞아 애국지사들의 정신과 업적을 기리기 위한 기념사업이 캐나다에서 본격 추진됐다. 이날 사진 위 왼쪽부터 시계반대방향으로 김대억(목사)심장병 어린이 후원회장, 이상철 목사, 김명규 한국일보 발행인, 백경락 토론토한인회장, 사진 아래 왼쪽부터 시계 반대방향으로 김영배 전 스코필드기념장학회장, 김운영 전 캐나다한국일보 사장, 강신봉 토론토 흥사단 초대회장, 이범식 캐나다한인장학회장 등 8명이 참석, 2010년 3월 25일 창립총회를 개최키로 합의했다. 창립준비위원장에는 김대억 목사를 추대했다.

애국지사 기념사업회 공식출범

40여 한인인사 '뜻모아' 창립총회

2. 창립총회

애국지사기념사업회 캐나다위원회(가칭)가 2010년 3월 25일 한국일보 도산홀에서 40여명의 한인인사가 참석한 가운데 창립총회를 통해 '애국지사기념사업회(캐)'로 공식 출범했다. 또한 김대억 목사를 초대회장으로 추대하고 임원구성 및 정관작성을 위임했다.

▲ 애국지사기념사업회는 15일 본사에서 임원회의를 갖고 초상화 제작사업 등에 대해 토의했다. 한인회관에 게시될 초상화는 50호(76x91cm)로 비교적 멀리서도 눈에 띄는 크기다. 기념회는 향후 사업에 소요되는 예산은 가급적 회원들의 기부금과 회비로 조달키로 했다. 왼쪽 아래부터 시계 반대방향으로 구상회 · 유재신 · 김대억 · 이재락 · 민종수 · 김길수 · 송선호 · 김영배 · 박소인씨.

3. 제1차 임원회

2010년 3월 25일 공식 출범한 애국지사기념사업회(캐)가 2010년 4월 15일 한국일보에서 임원회를 가졌다. 이 자리에서 기념사업회는 애국지사들의 초상화제작사업 등에 대해서 토의했다. (사진 위 왼쪽부터 시계반대방향으로)박소인, 김영배, 송선호, 김길수, 민종수, 구상회, 유재신, 김대억, 이재락

4. 이사회 조직

기념사업회는 2012년 12월 18일 이사회를 조직 사업회운영에 대한 제반 사항을 토의 활성화시켜오고 있다. (사진은 2018년도 이사회)

5. 모금만찬

기념사업회는 2011년 2월 25일과 2013년도 등 두 차례에 걸쳐 자금을 확보하기 위한 모금만찬을 개최 했다.(사진 '우리의 소원은 통일'을 지휘하고 있는 고 안병원 선생)

▲ 캐나다애국지사기념사업회의 김대억(왼쪽) 회장이 15일 토론토한인회관에서 백경락 한인회장이 지켜보는 가운데 애국지사 3인(왼쪽부터 백범 김구 선생, 안중근 의사, 도산 안창호 선생)의 초상화를 헌정하고 있다.

6. 애국지사초상화 헌정

2010년 8월 15일, 토론토한인회관에서 거행된 제 65회 광복절기념식에서 김대억 애국지사기념사업회장(왼쪽)이 백경락 토론토 한인회장을 통해 애국지사 김구 선생, 안중근 의사, 도산 안창호 선생 등 세분의 초상화를 동포사회에 헌정하고 세분의 초상화를 감상하고 있다. 기념사업회는 이날을 시작으로 매년 세분의 초상화를 제작 동포사회에 헌정해 오고 있다. 사진은 65주년 광복절행사에서 헌정한 초상화(왼쪽부터 애국지사 김구 선생, 안중근 의사, 도산 안창호 선생)

▲ 애국지사기념사업회의 심사위원들이 23일 본보 회의실에서 애국지사 시·수필 공모전에 응모한 작품들을 심사했다. 왼쪽부터 시계방향으로 김영배 · 송선호(참관인) · 손정숙 · 이재락 · 최봉호 · 김대억(기념사업회장)씨.

7-1, 문예백일장 - 기념사업회는 2011년부터 캐나다에 거주하는 모든 동포를 대상으로 애국지사들에 대한 문예작품을 매년 공모하여 광복절행사에서 시상해오고 있다. 2017년 현재 40여명에게 상장과 상금을 수여했다. 사진은 2011년 응모작품을 심사하는 심사위원들의 모습

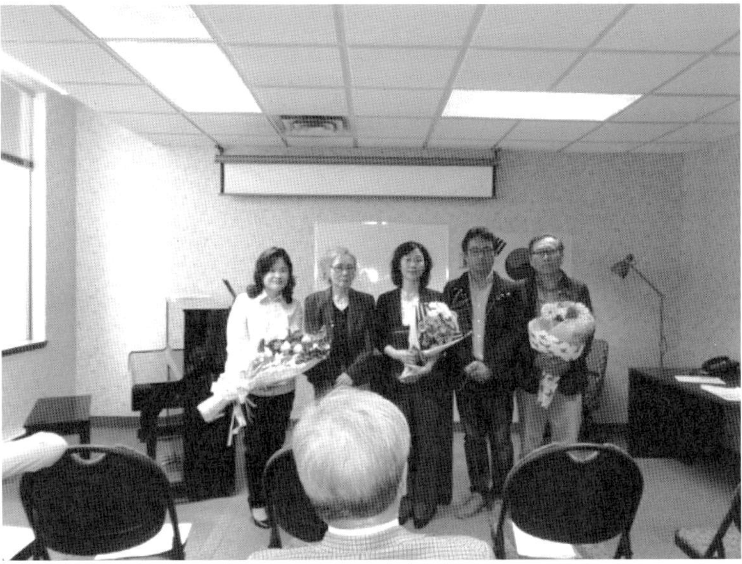

7-2, 문예백일장 - 제7회(2017년도) 수상자들(왼쪽부터 유로사, 이은주, 장인영, 양중규, 노기만)

8-1. 광복절행사

기념사업회는 매년 토론토한인회와 공동으로 광복절행사를 주최해오고 있다. (사진은 70주년 광복절행사 합창단)

8-2

70주년 광복절행사에 참석한 토론토 동포들

9. 애국지사들의 이야기 발간

기념사업회는 애국지사들의 생애와 업적을 간추린 이야기를 책자로 발간 배포해오고 있다. 2014년 10월 열여덟 분의 생애와 업적을 수록한 '애국지사들의 이야기 1'을 시작으로. 2018년 3월 현재 2집을 출판하고 있다. (사진은 애국지사들의 이야기 1권)

10. 야유회

기념사업회는 매년 8월 이사야유회를 통해 친목을 도모하고 사업회 발전방향을 모색하고 있다.(사진은 2017년도 야유회)

11. All TV 출연

2017년 총영사관과 한인회가 보훈처 지시를 위반, 보훈처에서 보조금동결 문제가 불거졌을 당시 All TV에 출연 진실을 밝히고 있는 유동진 부회장과 김대억 회장(왼쪽부터)

김대억

〈현〉애국지사기념사업회(캐나다) 회장, 한국외국어 대학 영문과 졸업, Tyndale Theological Seminary, McMaster University, 대한민국 공군참모총장 영문서한 및 연설문작성 장교, 토론토 시온성 장로교회, 버펄로 장로교회 담임목사, 토론토한인교역자회 회장, 공인 법정통역관(캐나다 및 미국), 토론토 한국일보 칼럼이스트. 저서: "숲을 바라보는 인생", "법정에 나타난 인생풍경", "달팽이의 행진", "걸어가고 싶은 길", "성서속의 여인들(신약편)", "성서속의 여인들(구약편)", "성경에 나타난 전쟁과 사랑" 등. Rev Dae Eock(david) Kim. 1004-80 Antibes Drive. Toronto, Ontario M2R 3N5 Canada. Tel 416-661-6229(집), 416-220-7610(휴대)/ dekim19@hotmail.com

- 우리민족의 영원한 친구 **스코필드** 박사
- 죽기까지 민족을 사랑한 **조만식** 선생

스코필드박사가 직접 촬영한 3.1독립운동 사진

프랭크 윌리엄 스코필드

프랭크 윌리엄 스코필드(Frank William Schofield, 1889년 3월 15일 ~ 1970년 4월 12일)는 캐나다의 감리교 선교사이자, 수의학자이며 세균학자이다. 일제 강점기의 조선과 독립 후의 대한민국에서 활동하였으며, 제암리 학살사건의 참상을 보도한 그의 활동을 기념하는 뜻에서 "3·1 운동의 제34인"이라고 부르기도 한다. 그가 만든 한국식 이름인 석호필(石好必, 나중에 한자어를 石虎弼로 개명)은 오늘날 Schofield, Scofield 또는 이와 비슷한 이름을 쓰는 외국인의 별칭이 되었다. 한국의 독립과 인권에 관련하여 한국에서 가장 존경받는 선교사가운데 한분이다. 1968년 대한민국 건국훈장 독립장이 추서됐다.

》》

"인생에는 두 길이 있다. 염려의 길과 기도의 길이다. 염려의 길은 스트레스를 받으며 힘을 얻고, 상식을 인도자로 삼으며, 행로의 불측과 두려움을 동반자로 삼는다. 기도의 길은 사랑으로 힘을 얻고, 하나님을 인도자로 삼으며 진리를 따라가고, 하나님의 평화를 무적의 수호자로 삼는다."

– 스코필드 박사

우리 민족의 영원한 친구 스코필드 박사

김 대 억

1910년 8월 29일, 삼천만 동포들은 땅을 치며 통곡했다. 산천초목도 함께 울었다. 그 날 선한 단군선조의 후손들이 반만년을 지켜온 나라를 일본에게 강탈당했기 때문이다. 그로부터 36년 간 우리 선조들이 악랄한 일제의 탄압을 받으며 당했던 고통과 아픔과 슬픔 그리고 멸시와 모욕은 상상을 초월한 것이었다. 그러나 우리 민족 모두가 불굴의 인내심을 발휘하며 기다리던 광복의 날이 찾아왔으니, 1945년 8월 15일이 그 날이었다. 그 날 삼천리 방방곡곡은 태극기로 물결쳤으며, 남녀노소 모두가 목청껏 외쳐댄 기쁨의 환호성은 천지를 진동시켰다. 하지만 그 감격과 환희의 날은 캄캄한 밤이 지나면 먼동이 트듯이 저절로 찾아온 것이 아니었다. 그 날을 오게 하기 위해 수많은 애국선열들과 자유와 평화를 갈망하는 숱한 사람들이 흘린 피의 대가가 조국의 해방이었기 때문이다.

그러나 우리들이 잊지 말아야 할 것은 한민족의 후예들만이 대한의 독립을 위하여 목숨을 바쳐가며 싸운 것은 아니라는 사실이다. 우리 독립군이 눈보라가 몰아치는 시베리아 벌판에서 그리고 만주의 밀림 속에서 일본군과 싸울 수 있게 배려해주며 물심양면으로 후원해준 이들이 있었는가 하면, 상해임시정부를 보호하고 후원하며 도와준 분들도 있었고, 직접간접으로 약자와 정의의 편에 서서 우리의 독립운동을 지지하며 협조해준 외국인들이 수도 없이 많았다는 사실이다. 구체적인 예 하나를 들면 백범 김구 선생이 윤봉길 의사의 상해 홍구 공원 폭탄투척사건으로 체포 당할 위기에 처하자 미국인 피치 씨는 그의 집에 김구 선생을 피신시켰다. 왜경들이 김구 선생이 은신처를 알게 되자 피치 씨 자신이 운전수로 가장하여 김구 선생을 탈출시킨 것은 너무도 잘 알려진 사실이다. 그러나 대한민국의 독립을 위해 가장 근본적이고 실질적인 도움을 주었을 뿐만 아니라 해방된 우리나라의 안정과 발전을 위하여 헌신함을 인생의 목표로 삼고 살다간 분이 계시니 그가 곧 스코필드 박사다.

프랭크 윌리암 스코필드(Frank William Schofield)는 1889년 영국 워릭셔 주 럭비에서 아버지 프랜스 스코필드 시니어와 어머니 미니 호크스푸드 스코필드 사이에서 4남매 중 막내로 태어났다. 어머니 미니는 스코필드를 낳은 며칠 뒤 산욕열로 사망했다.

럭비는 인구가 5만 정도 되는 도시였으며, 럭비 학교에서는 다른 학교들과는 다른 방식의 축구를 하였는데 그것이 오늘 날의 럭비 경기의 명칭이 되었다. 스코필드가 태어날 때 33세었던 그의 아버지는 그 곳 초등학교에서 수학을 가르쳤다. 1891년 그의 아버지는 소피아와 재혼하여 배즈로로 이주했다. 배즈로는 울창한 숲과 높은 언덕으로 둘러싸인 지역으로 일 년 내내 꽃이 피는 전원생활에 알맞은 곳이었다. 그의 아버지는 그곳에서 선교사를 양성하는 클리프 대학에서 구약과 희랍어를 가르쳤다.

아버지와 어머니의 엄격함과 경건함이 조화된 교육은 어린 스코필드에게 인간은 올바르고 정의롭게 살아야 한다는 삶의 원칙을 확립시켜주었다. 그러나 어린 시절 그는 같은 또래의 아이들과 어울려 남의 집 굴뚝에 돌을 떨어뜨리거나 빨랫줄에 널어놓은 옷들을 더럽히는 등 짓궂은 장난도 많이 했다.

1897년 여덟 살이 되던 해에 스코필드는 아버지를 찾아온 한국 유학생 여병현을 만나게 되었는데 그것이 그가 한국과 인연을 맺게 된 첫 계기였다. 그는 12살에 초등학교를 졸업하고 쿠퍼스컴패 학교에 들어갔다. 이 무렵 그의 부모는 런던으로 이사했으며, 아버지는 선교사를 배출하는 할지 대학에 교편을 잡았다. 스코필드는 런던에 살면서 배즈로에서의 전원생활을 그리워하며 자전거를 타고 이곳 저곳을 돌아 다녔다. 15살까지 중등교육을 받은 그는 대학에 진학하기를 원했지만 그의 부모는 그를 대학에 보낼 경제적 여력이 없었다. 그의 누이와 형들은 장학금을 받았기에 학비걱정을 할 필요가 없었지만 스코필드의 경우엔 장학금을 받을 만큼 성적이 좋지 못했다.

스코필드는 농장에서 일을 해서 학비를 마련하기로 결심했다. 그러나 농장에서 버는 돈으로는 대학에 진학할 수 없음을 깨닫고 1907년 1월에 캐나다로 이민을 왔다. 그때 캐나다의 임금이 영국보다 높았기 때문에 그는 6개월 만에 대학에 등록할 수 있는 돈을 저축하여 토론토 대학교 수의과에 입학했다. 그가 수의학을 전공하기로 작정한 까닭은 농장에서 일할 때 말 한 마리가 넘어져 심하게 다쳤는데 수의사가 능숙하게 치료하며 말을 살리는 것을 보고 수의사가 되기로 결심했다고 한다.

어느 정도의 돈을 저축한 후 공부를 시작했다고는 하지만 그는 한 달에 1달라 내는 지하 방에서 생활하며, 다른 학생에게 1주에 50전씩을 내고 침대를 빌려 잠을 자야 했다. 이처럼 어려운 생활을 하면서도 그는 매일 자정이 넘도록 공부했다. 승부욕이 강한 테니스 선수이기도 했던 그는 어느 날 고열에 시달리면서도 경기에 출전했다. 그 후 열이 떨어지지 않으면서 왼팔과 오른쪽 다리가 마비되었다. 심한 척주성 소아마비 현상이었으며 그 때문에 그는 평생 고통을 당해야 했다.

이런 경제적 어려움과 육체적 고통을 당하면서도 스코필드는 인내와 성심으로 학업에 정진하여 1910년 수석으로 수의과를 졸업했다. 졸업 후 그는 온타리오 보건국 소속 세균학연구소 조수로 근무하며 박테리아에 관한 연구에 몰두하여 1911년 "토론토 시내에서 판매하는 우유의 세균학적 검토"라는 논문으로 수의학 박사학위를 받았다. 1912년에는 온타리오 수의학대학 강사가 되어 학생들을 가르치며 연구능력을 발휘하였고, 유행병의 원인에 관하여 여러 가지 독창적인 연구를 수행하였다.

1911년 스코필드는 친구를 통해 알게 된 피아니스트 엘리스와 결혼하였다. 결혼 후에도 그는 계속하여 온타리오 수의과대학에서 강의하다 1916년 서울에 있는 세브란스 의전에서 세균학과 위생학을 담당해 달라는 요청을 받았다.

스코필드를 강사로 초빙한 사람은 그 당시 세브란스 의전 학장이던 올리버 에비슨박사(Oliver R. Avison)였다. 세균학 강사가 필요했던 에비슨이 그가 한국에 오기 전 토론토 의대 교수로 재직할 때부터 알던 스코필드를 택한 까닭은 그 만큼 한국 같은 후진 사회에서 견딜 수 있는 강한 의지와 인내를 함께 지닌 사람이 없다고 판단했기 때문이었다. 에비슨이 스코필드에게 보낸 편지에 "한국과 같은 외딴 나라에서 굳은 의지와 정열을 지니고 교육활동을 할 투철한 기독교 정신으로 무장한 사람이 필요하다."고 한 사실이 이를 말해주고 있다. 그를 아끼는 사람들은 그의 불편한 신체적 여건을 내세우며 그의 한국 행을 강하게 만류했다. 그러나 그는 어렵고 힘든 상황에 있는 한국에 와 달라는 에비슨의 요청을 하나님의 뜻으로 받아들여 한국으로 가기로 결단하였다.

스코필드는 1916년 10월에 서울에 도착했다. 학장 에비슨은 그를 반갑게 맞이했으며, 그 자리에서 스코필드는 어린 시절 배즈로에서 아버지를 찾아왔던 여병현을 다시 만나게 된다. 그는 세브란스에서 세균학과 위생학을 가르치기 시작했는데 통역을 통해 해야 했기 때문에 불편을 느껴 영어에 능통한 목원홍에게 한국어를 배우기 시작했다. 1년 만에 "선교사자격획득 한국어시험"에 합격했으며, 2년 후에는 한국어로 강의까지 할 수 있게 되었다. 그는 석호필이란 한국 이름을 지었는데 "석(石)"은 그의 돌 같은 굳은 의지를 나타내고, "호(虎)"는 그가 호랑이 같이 무서운 사람임을 보여주고, "필(弼)"은 영어의 "pill"(알약)과 발음이 같아서 그가 의사임을 말해주기 때문에 그런 이름을 지었다고 설명했다.

스코필드는 쉽게 한국생활에 적응할 수 있었지만 성격이 좀 까다로웠던 아내 앨리스는 그러지 못했다. 특히 그녀가 남편이 한국의 가난한 이들을 돕는 것을 탐탁지 않게 여겨 신경과민증세를 보이기 시작하자 의사의 권유에 따라 한국에 온지 1년 만에 그녀 혼자 캐나다로 돌아왔다. 그녀가 캐나다에 도착할 무렵 그녀가 임신했음을 알게 되었고, 캐나다에서 홀로 아들을 출산했다. 서울에 남은 스코필드는 이 모든 소식을 전해 들었지만 흔들리지 않고 주어진 과업을 충실하게 수행했다.

한국어를 배웠을 뿐만 아니라 한국 역사까지 공부하기 시작한 그는 한국이 어째서 일본에게 국권을 박탈당했으며, 일본이 얼마나 잔인하고 악랄하게 한국민족을 핍박하는 가를 알게 되었다. 때문에 그는 한국인들이 어째서 그처럼 강하게 일본에 항거하는 가를 이해했기에 그들이 하는 일을 여러 가지로 도우며, 가르치는 학생들에게 민족적 사명감까지 불러 넣어주기 시작했다. 그러는 과정에서 그는 당시 기독청년회 회장이던 독립운동가 이상재 선생과 개성에 정화여학교를 세운 김정혜 여사와 접촉하며 정보를 교환하고, 그들이 하는 일에 협조를 아끼지 않았다. 후에 김정혜 여사는 스코필드의 수양어머니가 되었다.

1919년 2월에 세브란스 병원에 근무하던 이갑성이 스코필드를 찾아와 독립운동 준비에 필요한 국제정세를 알려 달라고 했다. 그는 해외에서 발간되는 신문이나 잡지 등에서 한국의 독립운동에 도움이 될 만한 기사를 골라 상세한 설명과 더불어 전해주었다. 이갑성은 3.1운동이 일어나기 전 날인 2월 28일 밤에 또다시 찾아와 그에게 독립선언서 사본을 전해주며 세브란스 병원 동료들에게 알려주고, 미국 백악관에 전달해 달라고 부탁했다. 스코필드는 당시의 상황에서 그런 독립운동이 성과를 거두리라 생각지는 않았다고 회상했다. 그러나 그는 이갑성의 부탁을 들어주겠다고 약속했다.

3.1독립운동에 관해 사전에 알게 된 유일한 외국인인 스코필드는 3월 1일 준비한 사진기를 들고 나가 역사적인 순간들을 찍었다. 그 날 그가 찍은 사진 중 가장 유명한 것은 어느 일본인 상점 2층에 올라가 독립만세를 부르기 위해 모여든 군중들을 촬영한 것이었나. 이 외에도 그는 서울 전역에 주둔한 무장한 일본 군인들까지 촬영하여 3.1운동과 그 당시 일본의 잔인한 탄압상을 세계에 널리 알렸다. 그가 일본군경의 눈을 피하여 그런 것들까지 사진기에 담은 것은 참으로 놀라운 일이 아닐 수 없었다. 그가 위험을 무릅 쓰고 찍은 사진들은 그 당시 일본이 한국인들을 얼마나 잔인하게 다루었으며 한국에 대한 일본의 핍박과 박해가 얼마나 가혹했던가에 대한 결정적인 증거들이 되었다.

3.1운동 이후 독립운동에 관한 스코필드의 관심은 더욱 커졌으며, 독립운동을 하는 한국인들을 보호하며 돕는 일까지 하게 되었

다. 경찰에 연행되는 학생을 보면 "그의 집에서 일하는 사람"이라며 구해줬고, 여학생이 경찰서에 잡혀가면 "우리 집 식모"라며 데리고 나오기도 했다. 때로는 공적인 만남에서 받아놓은 총독부 관리들의 명함을 제시하며 수감되어 있는 사람들을 면회하기도 했으며, 총독이나 정무총감을 직접 만나 수감자들에 대한 부당한 대우와 고문을 중단해 줄 것을 요구하기도 했다. 그가 이처럼 적극적인 자세로 독립운동을 지지한 데는 그럴만한 이유가 있었다.

그는 영국태생이지만 영국이 인도를 식민 통치하는 것이 옳다고 보지 않았다. 마찬가지로 일본이 한국을 식민지화 한 것은 잘못된 것이라 믿었기에 일본의 한국에 대한 제국주의적 통치를 거침없이 비판했던 것이다. 그러다 3.1운동이 일어나자 일본은 그런 운동이 일어날 수밖에 없었던 원인 같은 것은 알려고도 하지 않고, 무지비한 진압과 탄압으로 독립을 원하는 한국인들을 억눌렀던 것이다. 이 같은 현상을 목격하며 힘없는 나라를 식민지로 삼은 것을 반대하며, 약자의 편에 서는 것이 인간의 도리라 믿는 인도주의자 스코필드가 분연히 일어선 것은 너무도 당연한 일이었다.

3.1독립운동을 진압하기 위한 일본의 정책들은 너무도 비인간적이고 야만적인 것이었다. 서울에서 시작된 독립운동은 전국으로 확산되어 이 운동에 참여한 인원은 조선총독부의 공식기록에도 100만이 넘었던 것으로 되어있다. 그 중 7,500여 명이 목숨을 잃었고, 부상자는 50,000여 명에 달했다. 이 같은 통계만 보더라고 일본이 얼마나 잔인하고 가혹한 방법으로 독립을 갈망하는 한국

인들을 짓밟았는지 알 수 있다. 특히 그들이 저지른 "제암리 학살"은 천인공노할 만행이었다. 수원에서 남쪽으로 50리 정도 떨어진 제암리 에서도 3월 31일 인근주민 1,000여 명이 태극기를 휘두르며 대한독립만세를 외쳤다. 이 날 이후 만세운동이 계속되자 무장한 일본 군인들이 마을 전체를 습격하고 방화하며 시위주모자들을 가차없이 연행하여 구금시켰다.

이 과정에서 시위 군중을 향해 발포한 일본 순사 한 명이 살해되었다. 일본군은 더욱 거칠어져서 4월 5일 새벽에 제암리에서 시오리 가량 떨어진 수촌리를 급습하며 마을 전체 42호 중 38호를 불태웠다. 그리고는 4월 15일 수원에 주둔하고 있던 일본육군 79연대 소속 아리타 도시오 중위가 11명의 군인과 일본 순사 1명과 조선인 순사보 1명을 인솔하고 제암리에 나타나 전할 말이 있다며 15세 이상 된 남자들을 모두 교회에 모이라고 명령했다. 23명의 남자들이 교회 안으로 들이서지 그들은 출입문을 잠근 후 석유를 뿌린 다음 불을 지르고 무차별 사격을 가했다. 몇 몇 사람이 교회 밖으로 뛰쳐나왔지만 군인들의 총검에 찔리거나 그들이 쏜 총에 맞아 죽었다. 여인 2명은 교회에 들어간 남편의 소식을 알아보려고 접근하다 잔인하게 살해되었다. 이처럼 잔악하게 제암리 주민들을 학살한 아리타 중위는 마을에 불을 지르고 의기양양하게 제암리를 떠나갔다.

스코필드는 이 같은 용서받을 수 없는 일본의 악행을 세계만방에 알리는 일에 앞장 섰다. 어떤 외국인으로부터 수원근방의 작은 마을에서 끔찍한 비극이 일어났다는 소식을 전해들은 스코필드는 기차 편으로 수원까지 갔다. 거기서부터는 일경의 눈을 피해 자전거로 먼 길을 돌아 제암리로 접근하자 관리로 보이는 사람들과 군인들과 민간인들이 모여 무언가를 조사하고 있는 것 같았다. 하지만 스코필드는 그들에게서 아무런 정보도 얻을 수 없었다. 그들이 떠난 후 스코필드는 겁에 질려 아무 말도 하지 않으려는 마을 사람들에게서 어렵게 일본 군인들이 자행한 끔찍한 학살에 관한 자초지정을 들을 수 있었다.

스코필드는 마을 사람들의 증언과 일본 경찰의 설명 그리고 그가 직접 보고 확인한 것들을 종합하여 "제암리 학살 만행보고서"(The Massacre of Chai-Amm-Ni)를 작성하여 해외 각처에 보냈다. 그러나 그는 이 보고서를 발표하기 전에 상당히 주저했다고 한다. 너무도 잔혹한 제암리 학살의 진상이 알려지면 한국인들이 일본을 영원한 원수로 여기게 될지도 모른다는 염려 때문이었다고 한다. 그러나 진실은 밝혀져야 한다고 믿었기에 스코필드는 일본이 결사적으로 은폐하려 한 제암리 학살을 세계만방에 알렸을 뿐만 아니라 일본이 한국을 동화시키기 위한 정책들이 얼마나 잘못되고 모순된 것인가를 예리하게 지적하고 비판했다.

1919년 9월 일본에서 "극동지구파견 기독교 선교사 전체회의"가 열렸다. 이 회의에는 한국, 중국, 필리핀, 일본 등지에 나와 있는 800여 명의 선교사들이 참석했다. 그 회의석상에서 스코필드는 3.1독립운동의 진상과 그 당시 한국의 상황을 선교사들에게 상세히 들려주었다. 뿐만 아니라 일본에 머무르는 동안 그는 하라 일본 총리를 위시한 여러 정부 관리들을 만나 한국에서 조선총독부가 행하는 비인도적인 정책과 행위를 시정해 줄 것을 요구했다.

일본의 입장에서 보면 이 같은 행보를 계속하는 스코필드는 눈속의 가시 같이 귀찮은 존재가 아닐 수 없었다. 그런데도 일본정부가 그를 마음대로 다룰 수 없었던 것은 그가 영국여권을 소지한 선교사였기 때문이었다. 영국시민권자인 그를 제재하거나 함부로 다루면 영일동맹에 악영향을 비칠 수도 있음을 그들은 인식하고 있었던 것이다. 따라서 일본은 직접적인 방법을 피하여 간접적으로 그에게 압력을 가하기 시작했다. 즉 그가 소속되어 있는 세브란스 의전에 그의 행동을 자제시켜 달라고 요구함과 동시에 그를 캐나다로 돌려보내라고까지 은연중에 압력을 가하기 시작한 것이다.

세브란스 의전의 학장 에비슨 박사는 임기응변으로 그런 요구를 넘기곤 했지만 점차로 문제가 확대되면서 그들의 태도가 강경해 지자 스코필드의 문제를 놓고 전체 교직원 회의를 얼었다. 회의 벽두에 에비슨은 일본의 통치하에 있는 외국인들의 동태와 활동에 대한 전반적인 내용과 더불어 스코필드가 일본의 요주의 인물로 낙인 찍혀 있음을 밝혔다. 조심스러우면서도 신중한 토의가 이루어졌지만 스코필드가 행동을 자제해야 한다는 것이 중론이었다. 선교사의 주된 사명은 선교와 교육이기에 정치문제에 개입하는 것은 바람직하지 못하며, 스코필드 한 사람으로 인해 세브란스 전체가 위협을 받고 있다는 것이 참석자들의 공통된 생각이었던 것이다.

회의가 끝나기 전 스코필드는 조용히 일어서서 말했다. "조선에서 우리의 교육과 선교사업은 전적으로 한국인들의 이익을 위한 것이어야 한다는 것이 저의 믿음입니다. 우리는 강의실과 교회에서 악에 대하여 싸우고 약자를 돕자고 설교를 해놓고는 지금 경찰이 두렵다는 이유로 손도 못 대고 있습니다. 만약 나라를 잃은 조선 사람들이 독립정신 마저 잃어버린다면 우리는 누구를 도울 것이며 조선에 머무르는 것을 무엇으로 정당화 할 것입니까?' 그는 자기의 행동이 학교와 동료들의 입장을 난처하게 한데 대해 사과한 후 필요하다면 스스로 세브란스를 떠나겠다는 의사도 밝혔다. 하지만 곤경에 처해있는 한국인들을 계속하여 돕겠다는 그의 굳은 의지 또한 분명히 했다.

그날 회의에서는 스코필드의 거취에 관하여 공식적으로 결정된 것은 아무것도 없었다. 그리고 그가 세브란스 의전에 부임할 때 맺은 4년 계약도 만료되지 않았기에 스코필드는 계속하며 한국에 머물며 부당하게 체포 당해 옥고를 치르는 이들을 방문하여 위로하고 격려하며, 그들에 대한 야만적인 대우 특히 그들에게 행해지는 고문이 얼마나 혹독하고 악랄한 가를 세계에 널리 폭로하였다. 그는 일본에서 발행되는 영자신문 "Japan Advertiser"와 캐나다 토론토의 "The Glove"를 비롯한 신문과 잡지에 일본정부는 한국의 상황을 정확하게 파악하고 인식해야 하며, 3.1운동 이후 강경정책에서 융화정책으로 바꿨다고는 하지만 계속되는 동화정책과 민족차별은 철폐되어야 한다는 취지의 글들을 기고하였다. 언론의 힘이 얼마나 크고 무서운 가를 잘 알고 있었기에 그는 일제의 가혹한 탄압과 핍박을 당하며 신음하는 한국인들의 억울하고 비참한 실태를 세계 여론에 호소하여 개혁하고 개선하기를 원했던 것이다.

스코필드의 비판의 대상은 일본의 잘못된 식민통치만이 아니었다. 1920년 4월 1일 동아일보 창간호에 기고한 "조선발전의 요결"에서 그는 한국의 발전에 필요한 것은 "교육, 근면(노동), 재정(산업), 도덕(정의)" 임을 지적하면서 그 구체적인 실천방안까지 제시하였다. 그는 한국인의 귀에 거슬리는 것들을 꼬집어 내어 언급하면서 "한국 사람에게 불편한 말을 하기 위해서가 아니라 사랑하는 한국 국민을 위하여 도움이 되는 말을 하기 위함"이 그의 진정한 의도임을 밝혔다. 그 기고문은 "사랑하는 형제여, 내 말에 불편한 점이 있으시면 당신들 나라의 아름다운 격언 '좋은 약은 입에 쓰나 병에는 이롭다.'의 참뜻을 생각하시고 이 사람을 용서해 주시기 바란다."로 끝나고 있다. 한국인에 대한 그의 관심과 사랑이 얼마나 크고, 깊고, 진실 된 것인가를 가슴 깊이 느끼게 해주는 말이 아닐 수 없다.

스코필드는 한국을 떠난 후에도 "조선의 친구여", "나의 경애하는 조선의 형제여" 등의 글을 국내신문에 기고했는데, 그 글들을 읽어보면 그는 우리 민족을 진정으로 아끼고 사랑한 분인 것을 알 수 있다. "조선은 나의 고향과 같이 생각됩니다.", "나는 '캐나다인'이라기보다는 '조선인'이라고 생각됩니다."라는 고백을 들으면 그는 서구인의 우월감을 지니고 빨간 벽돌집에 살면서 옆구리에 성경을 끼고 다니는 선교사들과는 달리 한국인과 자신을 동일시하면서 한국인을 형제로 생각하고 사랑했음을 확인 할 수 있는 것이다.

5,000년의 역사와 문화를 지닌 한민족의 민족정신을 말살시켜 일본국민으로 동화시키겠다는 일본의 그릇된 생각과 시도를 날카롭게 지적하여 가차 없이 비판했으되 그런 일본의 통치에서 벗어나려는 한국인의 민족혼을 고취시키며 독립운동을 격려하고 지원하는 스코필드의 일거일동을 일본경찰은 주시하고 있었다. 영국 시민권을 가진 그를 무리 없이 한국에서 떠나게 할 여러 가지 방안을 동원하는 작업도 병행하여 진행시켰다. 1920년 2월에 스코필드를 암살하려는 시도가 있었던 것도 우발적인 사건이라고 보기만은 힘들다.

스코필드는 그를 향한 일제의 감시가 날로 심해지고, 신변의 안전까지 위협을 받고 있으며, 세브란스와의 4년 계약이 끝나면 더 이상 한국에 머무를 수 없다는 것도 알고 있었다. 때문에 그는 한국에 와서부터 보고, 듣고, 느끼고, 확인한 것들을 종합하고 정리하며 기록하기 시작했다. 그 기록은 300 페이지에 달하는 "정복할 수 없는 조선"(Korea Unconquered), [후에 "끌 수 없는 불꽃"(The Unquenched Fire)로 변경되었음] 이란 제목으로 요약되었다. 그는 한국을 떠나기 전 며칠 밤을 새워가며 그 원고를 필사하여 세브란스 병원 지하실에 묻어 보관한 후 원본은 그의 짐 속에 넣었다. 책으로 출판하여 일본이 불법으로 한국의 국권을 빼앗은 진상을 세계에 널리 알리기 위해서였다.

불행이도 "끌 수 없는 불꽃"은 출판되지 못했다. 출판의뢰를 받은 영국의 한 출판사가 책 내용이 영국과 일본의 관계에 부정적인 영향을 끼칠 수 있다고 판단하여 출판하기를 거부했던 것이다. 그러자 스코필드와 한국인 친구는 뉴욕에 있는 어느 출판사에 원고를 맡기면서 출판에 필요한 비용을 지볼하겠다.고 약속했다. 하지만 출판사가 그 귀중한 원고를 분실하고 말았다. 1957년 토론토대학에서 신학을 전공한 정대위 박사가 세브란스 병원 지하실에 숨겨졌든 "끌 수 없는 불꽃"의 사본을 찾아서 스코필드에게 보냈지만 그 원고가 어떻게 처리되었는지는 알려지지 않고 있다.

1920년 7월에 스코필드는 서울을 떠나 캐나다로 돌아와 그 다음 해에 모교인 온타리오 의과대학 교수로 부임했다. 성실하고 책임감이 강한 그는 강의 준비에 많은 시간과 노력을 투입했으며, 꾸준한 연구생활을 통해 140여 편이 넘는 논문과 책을 펴냈다. 그 결과 수의병리학, 수의세균학에 관련된 분야에 그의 이름이 여러 군데 기록되었으며, 그가 수의학에 기여한 공헌이 널리 알려지게 되었다. 1952년에 독일에서 명예 수의학박사를 받았고, 같은 해에 미국가축연구회 회장으로 추대되었으며, 1954년에는 미국수의학과 연례회의에서 열두 번째 "국제수의학회상"을 수상한 사실은 그가 수의학계에서 국제적으로 인정받은 학자임을 말해주고 있다.

캐나다에서 꾸준히 학구활동을 하면서도 스코필드는 한국의 사정을 국제사회에 알리는 일을 게을리 하지 않았다. 출판되지 못한 "끌 수 없는 불꽃"에 대해서는 잡지에 기고를 하거나 강연을 할 때마다 책의 내용을 단편적으로 나마 계속하여 소개했다. 그러면서 그는 한국에 가고 싶은 마음을 접을 수 없어 매일 한국어를 연습하며 봉급의 일부를 저축하기 시작했다. 예상보다 빨리 여행경비를 마련한 그는 1926년 5월에 캐나다를 떠나 6월 23일에 서울에 도착했다. 이틀 후 명월관에서 열린 환영회에서 그는 기억에 남을 연설을 했다.

"오늘날 세계의 가장 큰 문제는 도덕심의 결핍에 있습니다. 한국인의 첫 번째 사명은 이를 바로 잡는 것입니다. 영국은 세계에 섬유를 공급하고 미국은 철강을 공급합니다. 그러나 한국은 세계에 양심과 기개를 가진 사람을 줄 수 있습니다. 유태인들은 세계에서 가장 혹독한 핍박을 받았지만 예수 그리스도를 주었습니다. 마찬가지로 한국은 신념과 용기를 갖춘 위대한 인물을 양성할 신성한 사명을 지니고 있습니다. 한국인들이 해야 할 많은 일들 중 가장 중요하고 시급한 것은 이런 인재를 배출시키는 것입니다." 일제의 통치를 받으며 압박과 슬픔 속에 살아가는 한국인들이 해야 할 가장 필요하고 중요한 사명을 스코필드가 지적한 것이다.

한국에 8월 초까지 머물면서 오랜 친구들과 제자들을 만난 스코필드는 다시 캐나다로 돌아가 학생들을 가르치다 1955년 교수직에서 은퇴했다. 그때 온타리오 수의과대학의 정년은 70세였지만 왼쪽 눈의 백내장과 그로 인한 안구의 통증 때문에 시력이 나빠져서 66세에 퇴임한 것이다. 그가 은퇴하자 한국에 있던 친구들은 한국으로 오라고 권했고, 한국정부도 그를 국빈으로 초청하려 했지만 스코필드는 눈을 치료하기 위해 영국으로 갔다. 다행히 영국에서의 치료가 효과가 있어 몇 년 만에 시력이 회복되었다. 한편 정신적인 스트레스로 1917년 혼자 귀국하여 아들을 출산하고 특수시설에서 지내던 그의 아내 앨리스는 정신상태가 호전되지 않은 채 1957년 72세로 세상을 떠났다. 아들 프랭트 스코필드 주니어는 캐나다 공군 조종사로 복무하다 민간 조종사가 되었으며, 결혼하여 2명의 자녀를 두었지만 아버지 스코필드와는 왕래가 많지 않았다.

스코필드의 눈이 회복되자 친구들은 한국으로 돌아오라고 권유했고, 한국정부도 그를 초청했다. 그는 1958년 토론토를 떠나 서울로 갔다. 이승만 대통령은 한국의 독립에 기여한 그를 공로를 치하해 주었다. 그는 일제 강점기에 그랬던 것처럼 대한민국을 위해 헌신하기로 마음먹고 서울대학교 수의과 대학에서 수의병리학 교수로 일하기 시작했다. 69세의 노령이었지만 그는 서울대학교 외에도 연세대학교 의과대학과 중앙대학교 약학대학에서도 강의했다. 동시에 세계 각처에 있는 친지들과 단체들의 지원을 받아 고아들을 후원하는 일도 했다.

스코필드는 한국정부에 대한 비판적인 자세는 변하지 않았다. 부정과 부패를 결코 용납하지 못하는 그였기 때문이다. 4.19혁명으로 이승만 정권이 무너지자 스코필드는 "오늘 우리는 독재와 부패, 그리고 잔악행위에 대한 큰 승리와 정의와 용기와 자유가 회복된 것을 축하합니다."라 말했다. 비록 초대 대통령이긴 하지만 그의 정권이 온갖 부정부패의 온상이 되고, 그가 국가와 국민을 외면하는 독재자가 되어가는 것을 보며 스코필드는 이승만 대통령은 해방으로 찾아온 한국의 희망을 배신했다고 논평한 바 있었다.

국민의 기대와 희망 속에 탄생한 장면 정부의 관리들이 권력의 맛에 취하여 갖가지 불의와 부정을 행하며 그들의 유익을 취하는 것을 보면서 스코필드는 "희망이 다시 버려졌다."며 슬퍼했다. 군사정권이 들어서자 스코필드는 "다시 솟은 희망"이라며 기뻐했지만, 그들이 "정국이 안정되는 대로 군 본연의 자세로 돌아가겠다."는 약속을 어기고 군정을 연장하려 하자 "군정을 4년이 아니라 10년을 더 한다 할지라도 성공을 거두리라는 보장은 없다."며 "더 이상 군사정부는 깨끗하고, 정치인들은 부패하였다고 말 할 수 없다."는 그의 솔직한 견해를 피력했다. 그러나 3.1운동에 대해서는 "표면적으로는 실패했지만 국민은 정신적인 승리를 쟁취했다."라 평가했다. 이어서 그는 "그때 지도자들 간에 경쟁이 있었다면 자리와 권력을 위한 것이 아니라 수난과 봉사를 위한 경쟁이었다."라 말했다.

1966년 스코필드가 북미를 거쳐 유럽을 방문했을 때 영국에 있는 그의 친척과 친구들은 거기서 함께 살자고 권면했다. 하지만 그는 완곡하게 거절하고 한국으로 돌아왔다. 1968년에는 캐나다로 와서 휴식을 취하면서 건강을 회복했다. 그때 대한민국 정부는 그에게 민간인에게 할 수 있는 최고의 예우인 "건국공로훈장"을 수여했다. 그 훈장은 당시 주 캐나다 한국대사였든 백선엽이 스코필드가 머물고 있었던 온타리오 브레스로까지 가서 수여했다.

스코필드는 1969년에 3.1운동 50주년 기념식에 귀빈으로 공식 초청을 받았다. 그 기념식에 참석한 후 건강상태가 나빠진 그는 이듬해인 1970년 2월 20일에 국립중앙의료원에 입원하여 치료를 받던 중 4월 12일 오후 3시 15분에 조용히 눈을 감았다. 장례는 4월 16일 광복회 주최 사회장으로 진행되어 국립묘지에 안장되었다.

스코필드(Frank William Schofield) 박사는 북미 수의학계에 큰 공적을 남긴 학자였으며, 국경과 이념을 초월한 인도주의자였다. 그러나 한국인들의 가슴에 새겨진 스코필드는 "그를 낳고 길러준 영국보다도, 그를 가꾸고 키워준 캐나다 보다 대한민국을 더 사랑한" 우리 민족의 진실하고 충성스러운 대변인이며, 친구였다. 그는 "나는 조선의 분신"이라 고백했을 뿐 아니라 "우리 같이 가난한 민족"이라 말함으로 그와 우리를 동일시하며 일제에 맛 서 싸우는 우리 민족의 버팀 돌이 되어주었다. 더 나아가서 한국의 역사와 전통과 민족정신을 누구보다 잘 이해했던 그는 "독립은 전부적이며 도덕적인 권리"라며 우리 선조들이 벌린 독립운동의 정당성을 주장했다.

서른네 번째 3.1운동 민족대표로 간주되는 스코필드는 평생을 한국의 독립과 인권과 복지를 위해 싸웠다. 그는 정이 많고 자비로웠지만 불의와 부정을 보면 여지없이 꾸짖고 비판하였다. 일본의 한국에 대한 잔인하고 가혹한 식민통치를 지적했듯이 해방 후 한국사회에 만연해가는 각종 부정과 부패를 뿌리 뽑으라고 외치며, 독재체제를 유지하기 위한 인권탄압과 언론탄압은 있을 수 없다고 주장한 스코필드였다.

"금과 은은 내게 없지만 내게 있는 것으로 네게 주노니 나사렛 예수 그리스도의 이름으로 일어나 걸으라." 외치던 초대교회와는 달리 금과 은은 풍부하지만 나사렛 예수의 이름이 사라져 가는 한국교회도 스코필드의 비판의 대상에서 제외되지 않았다. 예수님은 과부의 엽전 두 냥을 심히 귀하게 여기셨지만 한국교회는 엽전 두 냥에 아무런 가치를 부여하지 않을 정도로 물질화 되고 세속화 되었다는 것이 스코필드의 한국교회에 대한 평가였기 때문이다.

우리 민족의 영원한 친구 스코필드 박사는 "한국 땅에 묻히겠다."(I shall be buried in Korea.)란 유언대로 외국인으로서는 처음으로 국립묘지에 잠들어 있다. 그러나 "하늘나라에 가서도 한국 사람들을 위하여 일하겠다."한 그의 말대로 지금도 우리 민족의 장래를 걱정하며 대한민국이 부정과 불의와 부패가 자리 잡을 곳이 없는 나라가 되게 해달라고 기도할 줄 믿는다. 우리 모두 한마음 한 뜻 되어 우리의 영원한 친구 스코필드 박사의 우리를 위한 기도가 이루어지도록 최선을 다해야 할 것이다.

평양시 민중대회(1945, 10,14)에서 조만식 선생

조만식 선생

조만식(曺晩植, 1883년 2월 1일 ~ 1950년 10월 18일)은 한국의 독립운동가이자 일제강점기의 교육자·종교인·언론인·시민사회단체인·정치인이다. 22세 이후 상업과 종교 활동에 종사하다가 1919년 3.1만세운동과 중국 출국실패 등으로 투옥당하기도 하였다. 오산학교에서 교사와 교장으로 교편을 잡기도 했다. 일제강점기하에 교육활동과 물산장려운동, 국내민간 자본으로 대학설립 추진 운동인 민립대학 기성회 운동, YMCA 평양지회 설립, 신간회 등을 주도하였다. 1946년 1월 평양 고려호텔에 감금된 뒤 한국전쟁 중 공산군의 세력에 의해 살해되었다. 국산 물산장려운동과 일본제품 불매운동을 적극적으로 주도하여 조선의 간디라는 별칭이 붙기도 했다. 평안남도 강서군에서 출생하였으며, 아호는 고당(古堂), 본관은 창녕(昌寧).

– 건국훈장 대한민국장 추서

》》

"애국 애족하는 길에 언제 죽을지 모른다만, 내가 죽은 뒤에 누구 있어 비석을 세우려거든 거기에 비문은 쓰지 마라. 그 대신 큰 눈을 두 개 새겨다오. 그러면 저승에 가서라도 한 눈으로 일본이 망하는 것을 보고, 또 한 눈으로는 조국의 자주독립을 지켜보리라."

– 고당(古堂) 조만식

죽기까지 민족을 사랑한 조만식 선생

김 대 억

"그 날이 오면, 그 날이 오면은/ 삼각산이 일어나 더덩실 춤이라도 추고/ 한강물이 뒤집혀 용솟음칠 그 날이/ 이 목숨이 끊어지기 전에 와 주기만 할양이면/ 나는 밤하늘에 나는 까마귀와 같이/ 종로의 인경을 머리로 들이받아 울리오리다./ 두개골이 깨어져 산산조각이 나도/ 기뻐서 죽사오매 오히려 무슨 한이 남으오리까./ 그 날이 와서, 오 오 그날이 와서/ 육조 앞 넓은 길을 울며 뛰며 뒹굴어도/ 그래도 넘치는 기쁨에 가슴이 미어질 듯하거든/ 드는 칼로 이 몸이 죽은 가죽이라도 빗겨서/ 커다란 북을 만들어 들쳐 메고는/ 여러분의 행렬에 앞장을 서오리다./ 우렁찬 그 소리를 한 번이라도 듣기만 하면/ 그 자리에 거꾸러져도 눈을 감겠소이다."

심훈: "그 날이 오면"

조국이 해방되는 그 날을 갈망하는 심훈의 애타는 부르짖음이 적나라하게 나타난 시다. 심훈 만이 빼앗긴 나라를 되찾아 자유와 기쁨을 맛보며 살 수 있는 광복의 그날을 그처럼 애타는 마음으로 기다린 것은 아니었다. 한민족의 피를 받은 우리 민족 모두가 두 손 모아 기도하며 기다린 날이 삼천리금수강산이 일제의 압제에서 벗어나는 해방의 날이었기 때문이다.

마침내 "삼천만 가슴마다 넘치는 기쁨"을 안겨준 해방의 날이 찾아왔으니, 1945년 8월 15일이 바로 그 날이었다. 1910년 8월 29일 대한제국의 국권이 일본에게 넘어가자 전국 방방곡곡은 나라 잃은 백성들의 통곡소리로 가득 찼었다.

그로부터 36년이 지난 1945년 8월 15일엔 기쁨과 감격의 환호성이 백두산 상상봉에서부터 한라산 꼭대기까지 메아리 쳤다. "압박과 설움" 속에 신음하던 흰옷 입은 백성들이 자유를 만끽하며 살 수 있게 되었기 때문이다.

그러나 자유와 평화를 갈망하던 삼천만 동포의 가슴마다 찾아들었던 환희와 기쁨은 오래가지 못했다. 일본의 무조건 항복으로 조선총독부는 더 이상 횡포를 부리지 못하게 되었지만 38선이란 보이지 않는 경계선이 그어지면서 국토가 두 동강이 나버렸기 때문이다. 나중 밝혀진 사실이지만 일제치하의 어둡고 괴로운 밤이 지나고 자유의 종소리가 울려 퍼지기도 전에 대한민국의 운명은 38선을 경계선으로 남과 북으로 갈라지도록 결정되어 있었다. 1943년 이집트의 수도 카이로에서 열렸던 회담에서 미국과 영국과 중국은 일본이 패망하면 한국을 자주독립 국가로 승인할 것을 결의하였고, 1945년 2월에 개최된 얄타회담에서도 루스벨트 미국 대통령, 처칠 영국 수상, 스탈린 소련 수상은 카이로 회담의 결의를 재확인했다.

우리 민족의 비극은 포츠담 회담에서 시작되었다. 포츠담 회담에서는 한국문제가 주요의제가 아니었기에 한국을 "적절한 절차"에 따라 독립하게 한다는 카이로 회담의 결정을 확인하는데 그쳤다. 그러나 미국과 소련이 회담과정에서 38선 이북은 소련이, 그 이남은 미국이 분할 점령하여 통치한다는 밀약을 맺은 것이 문제였다. 미국으로서는 일본이 철수하면 지리적으로 한국과 가까운 소련이 한반도 전체를 장악할 가능성이 있다고 여겨 38선 이남으로 소련이 남하하지 못하도록 하기 위해 그런 협정을 맺었는지 모른다. 그러나 삼천리강산 전역에 울려 퍼진 해방을 알리는 종소리의 여운이 가시기도 전에 나라가 남과 북으로 분단되어야 하는 민족의 비극이 우리의 의지와는 관계없이, 그것도 해방이 되기도 전에, 미소 양국에 의해 결정된 것은 진정 억울하고 모순된 일이 아닐 수 없었다.

대한민국은 미국과 소련의 정치적 협상으로 국토가 양분되었을 뿐만 아니라 38선 이북에는 공산주의가 남쪽에는 민주주의라는 상반되는 정치체제가 형성되어 피차 평행선을 달릴 수밖에 없는 사상적 대립이 시작된 것이다. 그 결과 한반도는 극도의 긴장과 혼란 속에 휩싸이게 되고, 수많은 북녘 땅의 동포들이 정든 고향을 떠나 남으로 내려오게 되었다. 무질서와 혼란 속에서 안정을 찾기 힘들기는 남북이 마찬가지였지만 북한 땅의 동포들은 공산체제 밑에서 토지를 빼앗기고, 재산을 몰수당하며, 생명까지 위협당하는 극한 상황에 직면하게 되었다. 그러나 38선 이북에 살던 대다수의 동포들은 그 곳에 남을 수밖에 없었고, 일제의 압제에 못지않은 공산치하의 독재와 악랄한 착취를 당해야 했다. 타민족 아닌 동족에 의해 억압받고 인권을 유린당하는 서글픈 신세가 되어버렸던 것이다 그런 기구한 운명에 처해진 북한 동포들과 더불어 슬픔과 고통을 함께 나누며, 그들을 공산독재로부터 보호하고 구해내기 위하여 목숨까지 바친 분이 계셨으니 그가 곧 위대한 민족의 지도자요 우리의 영원한 사표이신 고당 조만식 선생이시다.

조만식 선생은 1883년 2월 1일 아버지 조경학과 어머니 경주 김씨 김경건의 독자로 태어났다. 태어난 곳은 평양이지만 평양성 창녕 조씨의 후손인 그의 아버지 조경학은 평안남도 강서군 반석면 반일리 안골에 형성된 조씨 집성촌에 살았다. 창녕 조씨로 말하면 고려시대에 8대에 걸쳐 정2품 벼슬인 세습 편장사를 지냈으며, 이조 시대에도 영의정을 비롯하여 여러 공신들을 배출해낸 명문가다. 이 같은 창녕 조씨들이 모여 살았던 안골은 인가가 50여 호 밖에 없었고, 그들의 살림도 풍족한 편은 아니었다. 그러나 창녕 조씨들과 그 지역에 살던 주민들은 타 지역 사람들에 비해 일찍 개화에 눈이 떴다. 뿐만 아니라 그네들은 강한 강서기질을 지니고 있었다. 강서기질이란 강서지방에는 특별한 천연자원도 없었고, 농산물도 풍족하기 못했기에 그들의 힘과 노력에 의지해 살아야 한다는 그 곳 사람들의 각오와 투지력을 의미한다. 조만식도 그런 강서기질을 체득하면서 성장했다.

강서지방 사람들은 자립정신이 강했으며 일찍부터 개화에 눈이 떠서 교육에 대한 열의와 사명감이 컸다. 학식과 덕행을 겸비한 조만식의 아버지 조경학의 경우에는 더욱 그러해서 외아들 조만식의 교육에 각별히 관심을 기울였다. 어린 그에게 근엄하고 엄격한 가정교육을 실시했으며, 수시로 사랑의 채찍을 들기도 했다. 그로 하여금 "마땅히 가야 할 길"로 가게 하기 위한 아버지의 사랑의 발로였다. 그런 아버지 밑에서 자라나면서 조만식은 온화하고 고상한 인격과 외유내강한 인품을 형성하며, 훗날 민족의 지도자로 우뚝 설 수 있는 자질을 갖출 수 있었다.

소년 조만식은 일곱 살 때부터 서당에 다니며 글공부를 시작했다. 그를 가르친 스승은 평양에서는 잘 알려진 한학자 장정복이었다. 그는 열다섯 살이 되기까지 장정복 밑에서 수학하면서 "사서삼경"의 기초과정을 전부 마쳤다. 장정복은 뛰어난 집중력으로 성실하고 꾸준히 공부하는 조만식을 사랑했으며, "글방 아이들 가운데 사람구실 제대로 할 녀석은 조당손(조만식의 애칭)이란 말이야. 공부도 잘하지만 신의가 있고 의협심이 강하거든."하며 그를 칭찬하곤 했다. 조만식은 글공부에도 재능을 보였지만 운동에도 남다른 소질이 있었다. 특히 그는 날파람의 명수였다. 날파람은 당시 평양에서 행해지던 일종의 민속경기였는데, 처음에는 양편이 돌팔매로 다투는 석전을 벌리다 나중에는 육박전을 벌려 승부를 가르는 거친 경기였다. 조만식은 소년시절부터 이 위험한 경기를 무척 좋아했으며, 날파람 경기를 통하여 사나이다운 의협심과 민족정기를 길렀다.

조만식은 1895년 당시의 관습에 따라 부모가 정해주는 두 살 위인 박씨 부인과 결혼했다. 이듬해에는 글공부를 그만두었고, 열다섯 되던 1897년부터 상업에 종사하기 시작했다. 평양에서 포목전을 경영하기 시작한 그는 활달한 성격과 원만한 인간관계에 힘입어 상인으로서 두각을 나타냈다. 하지만 여러 사람들을 상대하다 보니 술을 자주 마시게 되었다. 그러는 과정에서 사업의 규모가 축소되기 시작했다. 때를 같이 하여 청일전쟁과 노일전쟁이 일어나 나라전체가 주변국들의 각축장이 되는 어처구니없는 현상이 일어났다. 이를 보며 조만식은 나라가 힘이 없으면 민족의 미래도 없다는 사실을 깨닫게 되었다. 그렇다고 무언가 큰일을 할 수 있는 것도 아니어서 지지부진한 사업과 불안한 시국을 탓하며 계속 술을 마시게 되었다. 그때 누군가 그에게 "신학문을 가르치는 숭실학교에서 공부해보라."고 권고했다.

귀가 솔깃해진 그는 아버지의 허락을 받은 후, 친구들을 불러 밤새도록 술을 마셨다. 술독이 바닥이 나고 동이 틀 무렵 그는 친구들에게 "오늘까지만 과거의 조당손이고 내일부터는 조만식으로 새롭게 태어난다."고 선언했다. 친구들은 술김에 내뱉는 헛소리로 여겼지만 그는 날이 밝자 술 냄새를 풍기며 비틀거리는 걸음으로 숭실학교 교장을 찾아가 입학시켜 달라 청했다. 미국인 선교사 배위랑 목사는 기가 막혔지만 궁금하여 어째서 공부를 하려고 하는지 물었다. 조만식이 "하나님의 일을 하려고 합니다."라 대답하자 배 목사는 그의 입학을 허락했다. 숭실학교에 들어간 그는 8년간 해오던 장사에서 손을 떼었을 뿐만 아니라 술의 악몽에서 완전히 벗어나 새 사람이 되었다.

숭실학교는 1897년에 평양에 세워진 최초의 신교육 기관이었다. 창립 당시에는 설립자 배위량 목사의 사택이 학교건물이었으며, 학생 13명에 교사가 2명에 불과한 작은 규모였다. 배 목사를 도와 학생들을 가르친 교사는 한학자 박자중 이었으며, 두 사람은 성경, 사서삼경, 수학, 음악, 체조 등을 가르치다 후에 도덕, 천문, 논리 등의 과목을 추가하였다. 배 목사는 매우 강직하고 근엄했으며 매사에 엄격하였다. 그는 언행이 일치하는 삶을 살아야 한다는 점을 늘 강조했다. 그 가르침에 따라 조만식은 학교에서 배우는 바를 실생활에서 실천하기 위해 항상 노력했다. 그 결과 그는 숭실학교 때부터 기독교의 사랑을 실천하며 사는 습성을 기를 수 있었다.

조만식이 26세의 나이로 1908년 봄에 숭실학교를 졸업할 때 그는 독실한 기독교 신자이면서 투철한 애국지사가 되어있었다. 그 무렵 국내외 정세는 참으로 암담했다. 1905년 을사보호조약이 체결되어 외교권을 박탈당하자 흥분한 군중들의 시위와 의병들의 봉기로 온 나라가 분노의 도가니가 되었다. 의분의 유서를 남기고 자결한 충정공 민영환을 시작으로 많은 사람들이 분신 자살하였다.

매국노 이완용의 집이 불타고, 친일분자들이 의로운 자객들에 의해 피습당하는 일이 계속되었다. 고종은 1907년에 네덜란드 헤이그에서 열린 만국평화회의에 이상철, 이준, 이위종을 밀사로 파견하여 을사보호조약이 불법으로 체결된 것임을 세계만방에 호소하려했다. 그러나 일본의 방해공작으로 회의참석부터 난관에 봉착하자 고종의 의도는 무산되었고, 이준은 분을 참지 못해 자결하였다.

이 같은 정세 속에서 청년 조만식은 숭실학교를 졸업한 해 6월에 일본으로 유학을 떠났다. 조국의 암울한 현실을 타계하기 위해서는 실력부터 배양해야 한다고 믿었기 때문이었다. 그에게 잃어버린 나라를 되찾는데 제일 필요한 것이 힘을 키우는 것임을 일깨워준 분은 도산 안창호 선생이었다. 안창호가 우리가 일본에게 나라를 빼앗긴 것은 힘이 없었기 때문이요, 우리에게 힘이 없었던 까닭은 배우지 못했기 때문이라고 역설하는 말에 조만식은 전적으로 동감했기 때문이다. 동경에 도착한 그는 정칙영어학교에 입학하여 영어와 수학을 공부했다. 그러다 1904년에 명치대학 법학과에 입학했다. 조국의 독립과 독립된 후에 원활한 국정운영을 위해서는 선진국의 법과 제도를 알아야 한다는 생각에서였다. 그는 5년간의 유학기간 동안 방학에도 특별한 일이 없으면 귀국하지 않고 학업에 몰두했다. 아버지 조경학은 아들이 공부에만 집중할 수 있도록 학비를 넉넉하게 보내주었다. 그는 매달 오는 학비를 아껴서 학비가 부족한 친구들을 도와주었다. 그가 이웃을 사랑하라는 성경을 가르침을 실천한 하나의 예였다.

일본유학을 하는 동안 조만식은 동경에 조선인 연합교회를 세웠다. 그때 동경에는 조선인 교회는 없었고, 세례교인 40여 명이 YMCA 건물에 모여 예배를 드리고 있었다. 조만식은 기독교인들이 힘을 모아 독립운동의 기틀을 마련하려면 교회가 필요하다고 믿었기에 평양출신 장로교 목사 한석진과 함께 조선인 교회를 세운 것이다. 처음에는 한 명을 제외한 모든 교인들이 장로교인이었으나 감리교인 수가 늘어나면서 교파문제가 생기기 시작했고, 감리교인과 장로교인이 따로 예배를 드리는 사태가 벌어졌다. 조만식은 일본의 식민지가 된 조선의 기독교인들이 일본에서 분열된 모습을 보여서는 안 된다며 양쪽 교파 대표들을 만나 설득하여 재일본 동경조선예수교 연합교회로 개편하는데 성공했다. 이 즈음 조만식은 1908년 유학 온 고하 송진우와 인촌 김성수를 만났다. 그들 셋은 연령과 학년의 차이는 있었지만 조국의 독립을 원한다는 점에 있어서는 한 마음이었기에 구국의 3총사가 되어 일본 유학생들의 지도자적 역할을 했다.

그 당시 동경에는 이들 3총사 외에 장덕수, 신익희, 김준연, 김병로, 현상윤, 조소앙, 등 많은 유학생들이 있었는데, 그들은 지방별로 유학생회를 결성해 운영했다. 지방색을 싫어했던 조만식은 이 섬을 못 마땅히 여겨 "고향을 묻지 말자."며 전라도 출신 송진우와 경기도 출신 안재홍과 힘을 합해 1911년에 출신 지방별로 나뉘어 있던 유학생회를 하나로 통합했다. 통합된 조선유학생 친목회는 일본 당국에 의해 몇 달 만에 해산되었지만 1913년 가을 새 일본 동경 조선유학생 학우회의 발족으로 이어졌으며, 후에 2.8독립선언의 구심점이 되었다. 조만식은 정칙영어학교 시절에 인도의 민족해방운동가 간디의 일대기인 "간디 전"을 읽으면서 간디가 주창한 "인도주의", "무저항주의", "민족주의"에 깊이 공감하였으며, 후에 독립운동의 지침으로 삼았다.

1910년 여름 조만식이 잠시 귀국하여 고향에 머물고 있을 때인 8월 29일에 한일합병조약이 체결되었다. 격분한 조만식은 그 불법성을 성토하며 일본인들이 한인합방을 경축하는 행사장을 쑥밭으로 만들려 했다. 그러자 아버지 조경학이 "진정 민족과 나를 위해 싸우려 한다면 그 장소와 때를 알아야 한다."며 간곡히 만류하자 아버지의 말씀을 거역할 수 없어 그 뜻을 접을 수밖에 없었다. 그러나 그는 그때 "참는 것이 진정한 용기"라는 성경의 가르침을 다시 한 번 가슴 깊이 깨달았다.

그가 나설 때가 아님을 깨닫고 격정을 참은 조만식은 다시 일본으로 건너가 학업을 계속하여 1913년 3월에 31세 늦은 나이에 명치대학 법학부를 졸업했다. 계획했던 미국유학은 생각한 바 있어 포기하고 귀국한 그는 정주에 있는 오산학교의 교사가 되었다.

오산학교는 1907년 남강 이승훈이 설립한 학교였다. 이승훈은 도산 안창호의 감화를 받고 상업으로 모은 모든 돈을 민족교육사업에 바치기로 결심하고, 44세 되던 해에 오산학교를 세웠던 것이다. 조만식은 오산학교에서 교편을 잡은 지 2년 만에 교장이 되었다. 나이 많은 학생이었던 그가 33세의 젊은 교장이 되어 민족교육사업에 헌신하게 되었던 것이다. 그는 봉급을 전혀 받지 않았으며, 학생들과 같이 기숙사에서 생활하며 교장과 교사로, 사감으로, 또 사환으로 1일 4역을 담당했으며, 나중에는 교목까지 맡아 1인 5역을 담당했다. 그는 9년 동안 오산학교에서 가르치면서 "사람을 사랑하고 겨레를 사랑하며, 옳은 사람이 될 것"을 강조했다. 그의 문하에서 주기철, 한경직, 함석헌, 백인제, 김홍일, 김억, 홍종인 같은 인재들이 배출된 것은 결코 우연이 아니었다.

조만식은 3.1운동 직전인 1919년 2월에 오산학교 교장직을 사임했다. 오산학교의 기반을 민족의 지도자들을 양성할 수 있는 교육기관으로 단단히 다져놓았으니 상해로 망명하여 독립운동을 국제적으로 전개하기 위해서였다. 그의 이런 계획은 평양에서 3.1운동 준비를 총지휘하던 이승훈과의 합의하에 이루어진 것이었다. 불행이도 조만식의 뜻은 이루어지지 못했다. 그가 백범 김구 등과 함께 안명근 사건으로 체포되어 옥고를 치른 도인권과 상해로 향하던 중 일경에 의해 체포되었기 때문이다. 평양으로 압송된 그는 보안유지법 위반으로 기소되어 1년 형을 언도 받고 평양 형무소에 수감되었다. 복역 10개월 만에 가석방 처분이 내려지자 조만식은 출감하지 않겠다고 버텼다. 10개월 간 수감된 자체가 불법인데 가석방이란 혜택을 받는 것은 더욱 수치스러운 일이라는 것이 그 이유였다. 하지만 그의 항의는 받아드려 지지 않았고, 그는 강제로 석방되었다.

10개월 간 옥고를 치르고 나온 조만식은 오산학교로 돌아갔다. 인재양성처럼 독립을 위해 필요한 것은 없다는 것이 그의 신념이었기 때문이다. 조만식을 너무도 잘 알고 있는 일제는 그가 조선의 젊은이들에게 민족정신을 불어넣도록 내버려두지 않았다. 그의 오산학교 교장 취임을 허락하지 않았던 것이다. 그러나 "슬픈 민족의 한 사람"으로 조국에 남아 그 한 몸 불사르기로 작정한 조만식은 선량하고 평화를 사랑하는 우리민족이 일본에게 국권을 박탈당한 까닭은 애국애족의 정신이 부족하고 민족이 단결하지 못한데 있었음을 지적하며 삼천만 동포 모두가 자기만 잘 살겠다는 이기심을 버리고 동족을 아끼고 사랑해야 한다고 외쳤다. 아울러 남의 단점을 꼬집어내어 비난하지 말고 장점을 찾아내 칭찬하고 본받으며, 형제에게서 도움을 받으려 하지 말고 자기부터 형제를 도와주는데 앞장서라고 호소했다.

그가 "남에게서 도움 받을 생각을 버리고 도와줄 생각을 하자." 주장한 것은 35대 미국 대통령 케네디가 취임연설에서 "미국이 여러분을 위해 무엇을 해 줄 것인가를 묻지 말고 여러분이 미국을 위해 무엇을 할 것인가를 물어보라"고 호소한 것과 같은 맥락에서 한 주장이라 볼 수 있다. 조만식은 케네디 보다 40년이나 앞서 동포들에게 나라를 위한 자신의 역할부터 수행해야 한다는 정신을 동포들에게 심어줄 수 있을 만큼 넓은 식견과 깊은 통찰력을 지니고 있었던 것이다.

조만식이 인재양성과 더불어 독립의 필수조건이라고 생각한 것은 경제력의 증진이었다. 이 목적을 달성하기 위해 그는 1922년 평양에 조선물산장려회를 창립하고 스스로 회장이 되었다. 3.1운동이 일제의 식민지에서 벗어나기 위한 정치적 운동이었다면 조만식이 조선물산장려회를 통해 전개한 국산장려운동은 하나의 경제운동이었다. 그리고 이 시기에 그가 이상재, 한용운, 송진우, 현상윤 등과 만든 조선민정대학 기성회는 민족적 문화운동이었다. 조만식은 이 세 가지 운동 모두에서 지도적 역할을 했던 것이다.

그 중에 국산애용운동은 그가 창안하고 실천한 독특한 운동이었으며, 이 운동을 지켜보던 사람들은 그를 "조선의 간디"라 부르기 시작했다. 일본유학시절 그는 간디의 "무저항주의"와 "비폭력주의"에 깊이 공감하여 그대로 실천하려 노력했으며, 그가 벌리는 국산애용운동이 인도가 영국의 지배하에 있을 때 간디가 펼쳤던 운동과 일맥상통했기 때문이다.

조만식은 1921년부터 1932년까지 12년 간 YMCA 총무로 봉사했다. 3.1운동 이후 일제는 강압적이기만 했던 무단정치를 융화적인 문화정치로 전환하고 신문과 잡지발행을 허가함과 동시에 제약적인 집회와 결사의 자유도 허용했다. 3.1운동의 여파가 가져온 이 같은 결과에 편승한 신문화 운동이 전개되었던 1920년대에 YMCA 총무를 맡은 조만식은 각계각층의 사람들에게 시대의 흐름을 알려주며, 민족적 자긍심을 일깨워 줄 수 있었다. 그는 많은 젊은이들과 대화를 나누며 혈기왕성한 그들의 가슴 속에 응고되어 있었던 열정을 민족을 사랑하는 마음으로 전환시키는 계기를 마련해 주었다.

조만식이 YMCA 총무를 사임할 당시 조선인이 발행하는 신문으로는 "동아일보", "조선일보", "중외일보"가 있었는데 모두 민족정신을 고취시키며, 민족문화를 보존하고 발전시키는데 큰 공헌을 하고 있었다. 그 중 민간 신문으로서는 1920년 3월에 처음으로 창간된 조선일보가 극심한 재정난으로 허덕이게 되자 조병옥과 주요한이 조만식에게 조선일보를 인수함이 어떠냐는 의향을 타진해

왔다. 언론의 중요성을 인식하고 있었을 뿐만 아니라 민족신문 하나가 없어져서는 안 된다고 생각한 그는 그들의 권고대로 조선일보를 인수하고 사장으로 취임했다. 하지만 그가 맡은 후에도 조선일보의 경영난을 계속되었고, 자금난으로 신문사 경영이 난관에 봉착하게 되었다. 조만식의 고상한 인격과 불굴의 열정으로도 신문사를 유지하기 힘든 지경이 되었던 것이다. 그때 금광으로 성공한 방응모가 나타나 조만식이 계속 사장직에 있는 다는 조건으로 조선일보를 인수했다. 때문에 조선일보는 계속하여 발행되었으며, 조만식은 1933년 7월까지 사장의 업무를 수행했다. 8개월 밖에 안 되는 짧은 기간이었지만 그가 보여준 언론인으로서의 능력과 기개 또한 대단한 것이었다.

조선일보 사장을 그만둔 후 조만식은 평양으로 돌아와 조선물산장려회와 관서체육회회장으로 복귀하여 활동했다. 한편 이봉창, 윤봉길 두 의사의 거사로 인해 안창호가 상해에서 체포되어 수감되자 조만식은 여운형, 이광수와 함께 옥중의 안창호를 돌보았다. 수감되었던 안창호가 병보석으로 출감하여 경성제국대학 병원에서 치료받다 세상을 떠나자 조만식은 장례위원장이 되어 안창호의 장례절차를 주관했다.

"공부해서 하나님의 일을 하겠다."며 숭실학교에 입학했던 조만식은 "예수 그리스도 안에서 거듭난 기독교인"이 되어 사랑을 몸으로 실천하였다. 그는 민족을 사랑한 애국자였을 뿐 아니라 한국교회를 사랑한 예수님의 참된 제자가 되었던 것이다. 그의 제자 가운데서 주기철 목사와 한경직 목사가 나왔다는 사실 하나만 보더라도 그가 얼마나 진실하고 충성된 주의 종이었던 가를 알 수 있다. 그는 숭실학교 교장 때 교목의 역할까지 담당해 학생들에게 하나님의 말씀을 가르치고 증거 했으며, 40세에 평양 산정현 교회 장로로 장립하여 전적인 충성으로 교회를 섬겼다. 그는 공석인 목사를 대신하여 교회를 돌보다 제자인 주기철 목사를 산정현 교회의 담임목사로 모셔왔다. 일제의 간섭이 교회에까지 미쳐 신사참배를 강요해 왔지만 주기철 목사는 목숨을 걸고 응하지 않았다. 그 결과 주기철 목사는 1940년 5월에 투옥되어 온갖 고문을 받으며 고통당하다 1944년에 옥사했고, 산정현 교회는 폐쇄되었다. 신사참배를 거부함으로 우상숭배의 죄를 범하지 않았고, 민족의 신앙을 지키다 순교한 주기철 목사 곁에는 언제나 진실 되고 충성스러운 하나님의 종 조만식 장로가 있었다.

열세 살에 결혼한 그보다 두 살 위인 박씨가 이십삼 세의 젊은 나이로 타계하자 조만식은 같은 해에 전주 이씨 가문이 이의식과 재혼했다. 그들 사이에서 2남 2녀가 태어났지만 이의식도 오십 세 되던 1935년에 세상을 등졌다. 조만식이 당한 두 번째 상처였다. 그는 홀로 된지 1년이 조금 지나 진선애와 세 번째로 결혼했다. 그때 서른네 살로 호수돈여고 음악교사였던 진선애는 미국 선교사인 교장의 주선으로 미국유학을 준비하고 있었다. 그녀는 배민수와 박학전 두 젊은 목사가 조만식과 결혼할 것을 권하자 유학과 결혼 중 어느 것을 택할 지를 고민하다 결혼하기로 결정했다. 그때 그녀는 "나는 한 남자와 결혼하는 것이 아니라 한 위대한 어른을 모신다는 생각으로 결혼하기로 결심하였습니다."라 그녀가 결혼을 택한 동기를 말했다.

주기철 목사가 순교한 후 산정현 교회가 강제로 문을 닫게 되고, 시국강연을 해달라는 등 일제의 억지요구가 계속되었으며, 그를 향한 회유와 감시가 날로 심해지자 조만식은 가족들을 데리고 고향인 강서로 내려갔다. 고향에 온 그는 아내 진선애에게 비상하게 "내가 여기서 죽거든 작은 비석을 세우고 그 위에 내 눈을 하나 새겨 두시오."라 말했다. 무슨 뜻인지 몰라 의아해 하는 아내에게 그는 "죽은 뒤에라도 그들이 망하는 꼴을 볼 작정이요."라 들려주었다. 이것은 춘추시대에 적국인 월나라를 물리친 명장 오자서 장군이 역적으로 몰려 죽으면서 "내 무덤에 떡갈나무를 심고, 그 나무가 자라거든 내 시체에서 눈을 파다가 동문에 걸어라. 불의한 오나라가 망하는 꼴을 보고 싶다."한 유언과 같은 것으로 조만식은 일본의 패망을 확신하고 있었던 것이다..

1945년 8월 15일! 일본천왕은 무조건 항복을 선언했다. 평안남도지사는 강서에 은거중인 조만식에게 급히 평양으로 와 달라고 차를 보냈다. 행정권을 평화적으로 인계하기 위함이었다. 그러나 조만식은 일본 도지사의 청에 선뜻 응하지 않았다. 그러자 절친한 친구인 오윤선 장로가 "해방을 맞아 모두들 선생께서 세상에 다시 나오시기를 원하고 있습니다. 부디 민족을 뜻을 외면하지 말아 주십시오."란 편지와 더불어 사람을 보내자 조만식은 가족을 남겨둔 채 평양으로 돌아왔다. 평양에 온 그는 오윤선 장로를 비롯한 동지들과 평남 건국준비위원회를 설립했다. 해방직후의 혼란상태를 수습하며 해방된 조국을 이끌어 갈 정부수립을 준비하기 위해서였다 그러나 상황은 그의 기대와는 전혀 다르게 전개되었다. 소련군의 평양주둔이 완료된 8월 26일에 한반도가 북의 38도 선을 경계로 남북으로 갈라진다는 사실이 알려졌고, 시간이 흐르면서 소련군은 그들의 주장대로 "해방군"아닌 "점령군"임이 밝혀졌기 때문이다.

8월 15일 정오에 무조건 항복을 발표하는 일본천왕의 떨리는 목소리가 방송을 통해 흘러나온 후 평양천지를 진동시켰던 기쁨의 환호성은 불과 열흘 만에 사라졌다. "동포여, 과거를 돌아보지 말고 건국에 매진하자!"외치며 건국준비위원회를 설립했던 조만식의 실망과 좌절 또한 크기만 했다. 그러나 그는 북한만의 분할통치를 궁극적인 목적으로 삼는 소련의 의도를 막기 위해 총력을 기울였다. 소련군정당국과 그들의 앞잡이 김일성을 상대로 한 설득과 타협도 시도해 보았지만, 그들은 그네들의 특기인 "기만전술"과 "당신이 우리에게 협조하면 앞으로 세워질 임시정부 대통령으로 추대하겠다."며 조만식을 포섭하려 들었다.

조만식에 대한 북한 동포들의 존경과 신뢰가 절대적인 것을 알고 있었던 소련군정의 그런 제의가 전적으로 거짓된 것만은 아니었을 가능성도 없지는 않았다. 그러나 자신의 영달을 위해 민족을 배반할 조만식은 아니었다. 그는 조금도 동요되지 않고 그네들이 시도하는 분단정책에 반대했으며 "우리의 운명은 우리가 결정한다."며 결코 신탁통치를 지지하지 않을 것임을 분명히 했다. 어떻게든 조만식을 그들 편에 끌어드리려고 온갖 회유와 압박을 가했지만 아무런 성과를 거두지 못하자 소련군정은 1946년 1월 5일 그를 고려호텔에 감금시켰다. 그날 이후 1950년 10월 18일 국군과 유엔군의 총공격으로 퇴각하던 북괴군에게 살해당하기까지 그는 연금상태에서 벗어나지 못했다. 그를 구금한 후에도 소련당국은 그들의 정책을 지지하기만 하면 최고영도권을 주겠다며 여러 차례에 걸쳐 설득했지만 조만식은 그들의 제안을 완강히 거부했다.

조만식이 억류된 후 그를 구출하려는 비밀공작이 평양과 서울에서 여러 번 시도되었다. 우선 평양에서 세 청년이 조만식을 구출할 구체적인 계획을 세웠지만 사전에 기밀이 누설되어 실패했다. 서울에서도 조만식 구출작전을 세우고 라병덕과 김세훈을 평양으로 보내 김병연을 통해 탈출계획을 조만식에게 알렸다. 그러나 조만식은 "나는 죽으나 사나 평양을 떠날 수 없다. 나만 살겠다고 나를 믿고 있는 이북 동포들을 버릴 수 없다."며 탈출하기를 거부했다. 그의 북한 동포들을 사랑하는 마음은 미소공동위원회 미국 대표 브라운 소장(Albert E. Brown)이 평양에서 조만식과 면담할 때도 확인되었다. 1947년 브라운 소장이 평양에 갔을 때 조만식을 만나 "선생께서는 남한으로 가실 의향이 없습니까?" 물었다. 그때 조만식은 조금도 주저하지 않고 "나는 북한 일천만 동포와 생사를 같이하기로 결심하였소."라 답변했다. 그러나 그는 면회 온 부인 진선희에게 그의 손톱과 머리카락이 든 봉투를 건네주며 아이들을 데리고 서울로 가라고 했다. 전선희 여사는 남편을 남겨두고 월남한다는 건 생각조차 할 수 없었기에 그의 말에 따르지 않았다. 하지만 면회도 허용되지 않고, 남편의 행방조차 알 수 없게 되고, 생계마저 어려워지자 그녀는 1948년 가을에 38선을 넘어 월남했다.

1950년 6월 10일 6.25동란이 일어나기 보름 전에 북한은 남한에서 체포된 거물급 간첩 김삼룡과 이주하를 조만식과 교환하자고 제안했다. 하지만 그것은 이미 계획된 남침을 은폐하기 위한 기만술이었기에 성사되지 않았다.

한평생 나라와 민족만을 사랑한 고당 조만식 선생은 국군과 유엔군이 38선을 넘어 파죽지세로 북진할 때 공산도당에 의해 살해됨으로 죽기까지 민족을 사랑한 애국지사 조만식 선생은 빛나는 이름 석 자를 삼천만의 가슴에 새겨놓고 역사의 인물이 되었다. 누군가 "주기철 목사는 1944년 4월 21일 평양 감옥에서 순교의 죽음을 죽었고, 조만식 장로는 1950년 10월 18일 평양 감옥에서 총살당함으로 순교의 죽음과 순민의 죽음을 죽었다."고 말했다. 조만식 선생은 죽기까지 오직 나라와 민족만을 사랑한 진정한 애국자였으며, 사신을 위해 사는 대신 하나님과 민족과 나라를 위해 살다 가신 충성스러운 한국교회의 지도자였다.

그가 우리 곁을 떠난 지 70년이 가까워 오는 데도 대한미국은 여전히 분단국가로 남아있고, 적화통일을 시도하는 무리들이 아직도 우리주위에 들끓고 있기에 겨레의 거목이요 민족의 스승인 조만식 선생을 사모하는 마음은 더욱 간절하고 커지기만 한다. "집안이 어려우면 어진 아내를 그리워하게 되고, 나라가 어지러우면 훌륭한 지도자를 그리워하게 마련이다. 오늘을 사는 우리가 조만식 선생을 그토록 그리워하는 까닭은 나라가 하도 어지럽기 때문이 아닌가 한다."는 김동길 교수의 말이 우리들의 심정을 대변해 준다고 믿는다.

북녘 땅에서 조국의 통일과 번영을 염원하다 죽어간 조만식 선생이 떨어뜨린 한 알의 밀알이 싹트고 자라서 풍성한 열매를 맺는 날이 곧 올 것을 확신한다.

신옥연

캐나다한글학교연합회 회장, 온타리오한글학교협회 회장
토론토교육청 컴머밸리한글학교 교장

▶ 조소앙 선생에게 '남에선 건국훈장, 북에선 조국통일상' 추서

조소앙 선생의 어록비 제막(2002, 4, 30. 충남 천안 독립기념관)

조소앙 선생

조소앙(趙素昂, 1887년 4월 30일 ~ 1958년 9월 10일)은 일제 강점기의 독립운동가이자 정치인, 교육자이다. 그는 일본 유학 중 무오독립선언서의 기초에 참여하였고, 1919년 이후 의정원과 정부에서 활동하였다. 임시정부 외무부장, 한국독립당 당수 등으로 활동했고 김구·여운형 등과 시사책진회 등을 조직하였으며, 임시정부의 외교활동과 이론 수립에 참여하였다. 1945년 광복 후에 귀국하여 임시정부 법통성 고수를 주장하였고, 김구, 이승만 등과 함께 우익 정치인으로 활동하다가 1948년 4월에 김구, 김규식 등과 남북협상에 참여하였고, 남북협상 실패 후에는 노선을 바꾸어 대한민국 단독정부에 찬성하고 지지하였다.

– 대한민국 건국공로훈장 대한민국장 / 조선민주주의인민공화국에서 조국통일상

》》

"중립화만 보장되면 외부세계의 침략과 간섭은 없어지고 나라의 평화도 보장되며, 민족의 통일과 단결을 이룩하고 통일위업 달성을 더 앞당길 수 있을 것이라고 확신합니다." (김일성과의 면담에서)

– 조소앙

조소앙 선생에게 '남에선 건국훈장, 북에선 조국통일상' 추서

신옥연

남북에서 탄압받고 인정도 받은 전설적인 사람

남한에선 대남공작원 침투 책임자로, 북한에선 반혁명분자로 엄청난 탄압을 받았지만, 대한민국 정부에서는 건국훈장 대한민국장, 북한에서는 조국통일상을 추서 받은 인물이 있다. 이와 같이 전설적인 인물은 누구일까?

그가 바로 조소앙이다. 그는 우리나라가 식민지에서 분단으로 이어지던 시기, 좌우를 넘어선 제3의 이념을 통해 조국의 독립과 통일을 이루려 했던 사상가였다. 그러나 그의 이념은 모진 탄압과 모략으로 빛을 보지 못했다. 그러나 분명한 것은 그가 대한민국의 독립유공자였고, 대한민국 임시정부의 요인이자 한국독립당의 간부였다는 사실이다.

조소앙은 생육신 중 한 명인 조려의 17대손으로 1887년 경기도 파주군 월롱면 에서 아버지 조정규, 어머니 박필양의 6남1녀 중 2남으로 태어났다. 어려서부터 신동으로 소문이 자자했던 그는 할아버지 조성룡으로부터 사서오경, 제자백가서 등 한학을 배웠으며, 1902년 상경하여 성균관에 최연소로 입학했다.

성균관 재학 시 단재 신채호와 함께 정부에서 산림과 천택을 일본에 팔아 넘기는 '황무지 개척권 양도'에 항의하는 성토문을 작성했다. 성균관을 2년 만에 마치고 황실 특파유학생으로 선발돼 1904년 11월 일본으로 건너가 동경부립제일중학교에 입학, 이때 1919년 기미독립선언서를 기초한 최린, 최남선 등과 동학했다.

1905년 가츠우라 토모오 교장이 "한국학생들이 열등하다"는 민족차별적인 발언을 하자, 동맹파업을 주도해 항의했다. 중학교 졸업 후 1908년 3월 메이지대학교에 입학했다.

조소앙은 일본 유학 시 공수학회와 대한흥학회 간부로서 유학생운동에 적극적으로 참여했다. 특히 1909년 12월에 일진회 성토문 기초위원, 1910년 8월 경술국치반대운동의 중심인물로 활동하다 경찰에 체포돼 곤욕을 치렀다. 당시 조선의 윤치호, 함태영, 김규식 등에게 밀사를 파견하였다가 일본경찰에 발각됐다.

1911년 조선유학생학위회 회장이 되자 일제는 '요시찰 인물'로 규정하고 끊임없이 감시했다. 일본 메이지대학교에 재학 시, 상하이에서 미국으로 돌아가던 이승만이 도쿄에 들려 강연을 듣고 독립운동에 큰 뜻을 품게 되었다.

1912년 메이지대학 법학과를 졸업하고 귀국하여 경신학교 교사와 양정의숙에 초빙돼 교육자의 길을 걸었다. 1913년 중국 베이징을 거쳐 상해로 망명하여 김규식과 함께 독립운동에 본격 참여했다. 또한 신규식 · 박은식 등과 동제사를 박달학원으로 개조하여 청년들을 교육했고, 진영사 · 황각 등과 함께 신아동제사와 아시아 민족의 반일단체 대동당을 조직했다.

1917년 7월 상해에서 신규식, 박용만 등과 대동단결 운동을 전개했다. 1918년 무오독립선언서를 기초했고, 1919년 만주 길림에서 대한독립의군부를 조직하는데 가담하여 부령이 되었다. 신규식의 지시에 따라 일본 동경으로 파견되어 당시 일본에 유학중이던 신익희, 윤치영, 여운홍 등과 2·8독립선언을 기획했다.

1919년 상해 대한민국임시정부 수립에 참여했으며, 3·1운동 이후 일제강점기 조선의 경성부에서 조선민국임시정부가 수립되고 정도령에 손병희, 부도령 및 내각총리경에 이승만을 임명해서 내각을 구성할 때 조소앙은 교통무경에 임명됐다. 또한 그 해 4월 상해에서 신규식과 함께 혁명당을 조직하여 이사로 취임했다. 이어 대한민국임시정부를 수립할 목적으로 임시헌장과 임시의정원법을 제정하는 초대 임시 의정원 의원(지역구 경기도 대표)으로 선출됐다.

제1회 대한민국 임시의정원이 개회되면서 초대 국무총리에 이승만을 선출하고, 조소앙은 국무원 비서장이 되었다. 또한 대한민국청년외교단의 외교특파원으로 임명되어 본국에서 군자금 모집, 송금, 임시정부 선전, 독립사상 고취 등의 임정 대외 홍보업무를 담당했다.

임시정부의 국체(國體)와 정체(政體)의 이론정립 및 대외홍보 등에서 주역으로 활동했으며, 1919년 5월 파리강화회의에 참석하기 위해 유럽에 갔으나 이미 회의가 종료돼 유럽 각지를 돌며 한국독립에 대한 국제사회의 지지를 호소했다. 이에 8월 스위스와 네덜란드에서 연이어 열린 국제사회당 대회에서 한국의 독립에 관한 결의안을 통과시키기에 이르렀다. 당시 사회주의국제연맹 총회에 한국인으로는 최초로 참석한 것. 9월에는 영국을 방문하여 영국노동당 인사와도 교류했다.

1920년 2월 파리에서 유명 철학자 앙리 베르그송을 만나 일제의 만행을 규탄하고 독립지지를 호소했다. 이어 영국, 덴마크, 리투아니아, 에스토니아를 거쳐 소련으로 가서 공산당을 방문했다.

1921년 3월 모스크바 공산당대회를 참관하고, 5월 이르쿠츠크, 치타, 만주를 거쳐 북경에 돌아와 만주리선언을 통해 공산주의에 대한 비판적인 견해를 발표했다.

1922년 1월 국민당 간부이자 무정부주의자였던 장계의 초청으로 북경에서 상해로 돌아와 이런 경험을 토대로 한살임당 일명 대동당을 조직하고, 한살임요령을 발표했다. 또한 상해에서 한살임 당원인 김상옥을 만나 사이토 조선총독의 암살에 대해서 결의하고 김상옥이 종로경찰서에 폭탄을 던지도록 하였다. 같은 해 국제연맹 파리강화회의에 김규식을 보좌해 동행했으며, 7월 김구, 신익희, 안창호, 이시영, 여운형 등 50여 명과 시사책진회를 조직했다.

임정에서는 1921년 도미이후 돌아오지 않는 이승만 대통령에 대한 탄핵론이 제기됐으나, 그는 조완구 · 최창식 등과 함께 반대했다. 당시 임정에는 개조를 주장하는 개조론(안창호, 여운형, 김동삼 등), 해산과 창조를 원하는 창조론(김규식, 신채호 등), 법통 수호를 주장하는 수호론(김구 · 이동녕 · 조소앙)이 나뉘었다.

그는 이승만과 편지를 주고받으며 상해 현황을 알리는 연락원이기도 했다. 1925년 3월 이승만은 조소앙에게 보낸 편지에서

"안창호가 미국에서 추종자들을 시켜 한인으로부터 인두세를 거둬 임정으로 보낼 것"이라며 그의 행동을 은근히 비난했다.

임정 내 친 이승만 세력이었던 그는 이승만이 탄핵되자 1925년 5월16일 '무력 쿠데타'를 권유하는 편지를 보내고, 다른 방안으로 하와이에서 임시 의정원을 소집해 새 정부를 조직하자는 급진적인 '권력만회 구상'도 펼쳤다. 광복 직전까지 이승만에게 수시로 임정현황, 상해와 중국 내 독립운동가들의 동태를 보고했다.

1926년 이후 임정 외무총장, 학무총장, 국무위원으로 선출됐고, 1927년 11월 이동녕, 김구, 안창호, 이시영, 홍진 등과 한국유일독립당 촉성회를 결성해 상임위원이 됐다. 이후 김구와 함께 특무대를 조직하여 일본의 요인암살에 노력했다.

1929년 한국독립당 창당 때 이동녕, 김구, 이시영 등과 창당발기인으로 참여, 정치균등, 경제균등, 교육균등을 내세운 삼균주의를 당헌과 당강으로 통과시켰다. 삼균주의에 기초하여 '태극기 민족혁명론'을 발표하기도 했다. 1930년 7월 국무위원장 이동녕과 함께 국무위원 외무장에 임명됐다.

1932년 봄 윤봉길의 홍구공원 일왕 암살미수 사건에 연루돼 중국인 이정의 도움으로 항주에 1년간 머물렀다. 11월 임정 임시국무회의에 참석, 외무부장의 명의로 이승만에게 스위스 제네바에서 열리는 국제연맹 회의의 전권대사 임명장을 발송했다.

1933년 1월 임시의정원에서 국무위원과 임정 내무부장에 임명됐다가 3월 해임되고 임시의정원 의원으로 피선됐다. 당시 김규식, 김원봉, 김두봉 등을 중심으로 민족유일당 운동이 추진되면서 임정 해체 주장이 나왔으나 그는 김구, 이동녕 등과 함께 임정을 유지해야 한다는 의견을 굽히지 않았다.

1934년 삼균주의를 국시(國是)로 한 '대한민국임시정부건국강령'을 발표, 임정 국무회의에서 채택하도록 했고, 한국대일전선통일동맹을 결성했다. 1935년 민족혁명당에 참여했으나 9월 탈당하고 한국독립당을 재건했다. 임정이 항주로 이전하자 국무위원 외무장에 재선됐고, 1936년 임정 국무회의에서 국무위원 겸 내무부장으로 임명됐다. 3·1만세운동 제17주년 기념일을 맞이하여 한국독립당의 명의로 된 기념선언을 발표했다.

1937년 한국광복진선이 결성되자 한국독립당 대표로 참여했다. 1939년 10월 대한민국 임시의정원에서 국무위원으로 선출되고 외무부장에 임명됐다.

당시 한국 독립운동가들의 갈등을 놓고 쑨원의 아들 쑨커가 "너희 사람은 왜 뭉치지 못하느냐"며 조롱하자, 조소앙은 "한국 사람이 위대한 것이다. 한 사람 혼자서 천하를 영도해 나가는 것은 한국 사람들에게서나 볼 수 있는 일이니 중국 사람이 모방할 만한 일이 아니냐"며 반박했다.

1940년 5월에 한국국민당, 조선혁명당, 한국독립당 재건파 등 3당이 통합되어 한국독립당을 재 창립할 때 중앙집행위원회의 부위원장으로 피선됐다. 그 해 8월 임정이 쓰촨성 충칭으로 옮긴 뒤 9월초 외무부장에 선출됐다.

그 해 9월 한국광복군 창립식에서 자신이 작성한 포고문을, 1941년 12월에는 대일본선전포고문을 발표했다. 대한민국 건국강령의 초안도 작성했다. 1942년 2월 충칭 주재 미국대사관 대사 고스(Clarence E. Gauss)를 방문해 중국이 한국 임정을 쉽게 승인하지 않는 이유를 일본이 패배한 뒤 한국을 다시 중국의 종주권 안으로 넣으려는 속셈으로 파악했다. 이에 11월 24일 고스에게 중국에 분개하여 임정을 워싱턴으로 옮길 것을 검토한다고 알렸다. 동시에 이승만과도 연락을 취했다.

1944년 4월 임정 국무위원 겸 외무부장으로 재선됐으며, 1945년 2월 28일 임시정부 외무부장의 명의로 독일에 대하여 선전포고를 하였다.

광복후인 1945년 11월 23일 임정 환국요인 1진으로 귀국했다. 당시 임정 대변인 겸 한국독립당 부위원장이었다. 12월 29일 신탁통치 반대운동 준비를 위한 경교장 회의에 참석했으며, 30일 송진우가 암살되자 '테러는 혼란의 근원일 뿐'이라는 성명서를 언론에 발표했다. 김구, 신익희 등과 함께 신탁통치에 반대하는 반탁운동을 주도했다. 이에 1946년 1월 1일 미군정청 사령장관 하지에 의해 김구, 이시영 등과 함께 군정청으로 소환돼 경고를 받았다. 이후 조소앙은 신탁통치 반대운동에서 소극적인 태도를 취한다.

1946년 한국독립당 부위원장에 재선됐으며, 1월 이승만이 미국에 갈 때, 김구와 함께 민족 외교를 위한 '이승만 박사 외교사절 후원회'를 조직했다. 반탁투쟁에 적극 참여하는 한편 이승만의 단정수립을 위한 미국 외교 설득을 지원하기 위해 모금운동을 진두 지휘하여 이승만의 워싱턴 방문여비를 마련했다.

외교사절 후원회의 부위원장은 조소앙이 맡았고, 김구와 배은희 등은 반탁총동원위원회, 비상국민회의 등에서 이승만의 외교비용을 마련하기 위해 돈을 거뒀다. 조소앙과 김구는 이승만을 조선의 책임자로 도미외교를 적극 지지했다.

1946년 1월 김구를 위원장으로 하는 반탁독립투쟁위원회가 결성됐을 때, 조성환, 김성수와 함께 반탁국민회 공동 부위원장에 선출됐다. 이어 국민의회를 조직하고 상무위원회 의장이 됐다. 2월 13일 비상국민회의에서 최고정무위원직에 뽑혔고, 다음날 비상국민회의 외교위원장으로 선출됐다. 이날 민주의원결성대회가 열렸으나 정인보는 여운형, 함태영, 김창숙 등과 함께 민주의원 의원직을 거부했다.

그 해 3월 김구와 임정 계열 일부 인사들이 이승만의 생각과는 달리 3.1절을 전후하여 정부수립을 추진하려던 계획이 알려지자, 3월 5일과 6일 미군정에 의해 김구, 조완구, 유림 등과 함께 주한미군 사령관실로 불려가 협박을 받았다. 12월 미군정이 남조선과도입법의원을 설치하고, 그에게 관선의원을 제안했으나 거부했다.

임정 주석이었던 김구가 귀국한 뒤 1947년 국가건설에 따른 인재의 필요성을 느껴, 서울시 용산구 원효로에 있던 원효사를 본부로 건국실천원양성소를 설립했다. 이에 조소앙은 양성소의 1기부터 강사로 참여하여 뜻을 같이하는 동지로서 성심껏 김구를 도왔다.

건국강령은 제1장 총칙, 제2장 복국, 제3장 건국으로 구성했고, 정치・경제・교육의 균등한 발전을 통하여 이상을 실현하고자 한 그의 삼균주의를 바탕으로 했다. 소장 김구, 명예소장 이승만, 이사장 장형으로 출발한 양성소는 전국 각지의 우수한 애국청년들을 선발하여 건국운동의 중견 일꾼으로 양성하는 교육을 시켰다.

1947년 말 한국독립당 내의 진보파와 함께, 좌우합작운동을 추진했던 중도파와 협력하여 각정당협의회를 결성, 남북대표 회담은 물론 유엔과의 협의를 추진했다. 그러나 이 노력은 김구 계열에 의해 좌절됐다.

조소앙의 주도로 한국독립당에서도 좌우합작위원회에 호응하기 위해 산하 각 정당협의회를 결성했다. 11월 한독당 각 정당협의회는 유엔총회에서의 한국문제 결의를 비판하고, 미소 양군의 조속한 철병과 남북회담의 촉진을 주장하는 비교적 장문의 공동담화를 발표했다. 그런데 다음날 김구는 한독당 당무위원회에서 각 정당협의회의 활동을 보류시키도록 지시함으로써 중대 난관에 봉착했다.

한독당에서는 김구의 보류조치에 반발하는 인사들을 제명 처분했다. 이때 한독당의 일부 인사는 테러를 당했고, "각 정당협의회를 추진하는 것은 조소앙 선생 시도하에 당을 분열하려는 것"이라는 증언을 강요 받았다고 한다. 이를 계기로 조소앙은 한독당 내에서도 궁지에 몰리게 된다.

12월 장덕수가 자택에서 암살될 때 현장에서 한국독립당 당원이 체포되고, 이들의 배후로 임정출신 국민회의 동원부장이자 한독당 중앙상무위원 김석황, 국민회의 비서장이며 한독당 중앙위원 조상항 등이 연행됐다.

조소앙도 암살의 배후로 지목돼 소환 당하면서 그에 대한 비판여론이 조성돼 정계은퇴 성명을 내기에 이르렀다. 그러나 1948년 1월 남북협상에 참가를 선언하면서 다시 정계에 복귀, 국민의

회와 한국민족대표자대회의 통합대회에서 의장으로 피선됐다. 그 해 2월 남북협상에 참여했으며, 3월 삼균주의학생동맹을 결성했다.

이후 김구, 김규식 등과 함께 남북협상을 위해 조선민주주의인민공화국행을 하려 하자 임정출신인 신익희가 여러 번 그를 만류했다. 이승만도 사람을 보내 방북하지 말라며 설득했으나 조소앙은 북행을 결심하고 김구, 김규식과 함께 4월 평양을 방문했다.

같은 해 5월 조소앙은 3·8선을 넘어온 뒤 여현에서 "남북협상은 완전히 실패다. 이북에 가보니까 김일성이 군사세력을 가지고 완전히 자기 독재정권을 형성해 나가고 있다. 단독정권을 세울 준비를 다 끝냈는데, 단독정부 수립을 하지 않겠다는 결의문을 채택했으니, 우리가 완전히 이용당한 것이다."라는 성명서를 발표했다.

그는 남북협상의 실패를 기자와 지인들에게 설명하고 조선민주주의인민공화국은 병영국가화 될 것이라며 대한민국 단독정부 수립에 찬성했다. 성명과 언론발표, 강연 등을 통해 남북협상을 정치적 속임수라고 비판하면서 김구와 대립하여 분열하게 된다. 한국독립당 내에서도 김구와 의사충돌을 하게 돼 탈당하게 된다.

"통일의 원칙만 사수하고 단선반대를 외치는 것은 어찌 보면 공허한 외침이다. 더구나 민족분단을 해소하기 위한 통일의 구호만을 부르짖으면서 그 길로 가는 길목을 가로 막을 수는 없다. 당원동지들은 선택하자. 현실적 내치, 외교, 군사문제를 거쳐서 완전한 통일국가와 독립정부의 완성에까지 노력하는 깃발을 잡아야 할 것이다." (한독당 탈당성명서 중에서)

한독당 탈당 이후 그는 단정수립이 확실해진 상황이라 판단하고 안재홍 등과 같이 현실적인 노선으로 바꿔 대한민국 정부수립 입장으로 선회했다. 동시에 조선민주주의인민공화국측의 제2차 남북협상 제의를 거절한다.

그 해 12월 백홍균, 조시원, 양우조 등과 함께 천도교 강당에서 삼균주의 이념을 강령으로 하는 사회당을 창당했다. 이후 그는 사회당 당수로 활동하며 대한민국 단독정부수립을 적극 지지했으며, 7월 21일 초대 내각 인선 때 총리 예비 후보자로 추천됐다.

이 무렵 조선공산당 김일성과 박헌영은 조소앙의 주변에 프락치를 심어두고 정보를 빼내며 그를 속였다. 이에 조소앙은 자신의 주변에 심어졌던 조선공산당의 프락치들을 내쫓아버린다. 광복 직후부터 해방일보의 기자 자격으로 임시정부와 경교장을 출입했고, 조선공산당과 남조선로동당의 당원이었던 박갑동은 조소앙과 가까이 지냈다.

박갑동은 당시 조소앙의 주변에 심어진 조선공산당 첩자의 존재를 증언했는데 그에 의하면 비서 중에 김홍곤이라는 사람이 공산주의자 였다. "김홍곤이라는 전남 광산 사람이 있었는데 공산주의자였고 사범대를 나온 그의 부인도 공산주의자였어요. 김홍곤은 매일 나하고 먹고 자고 했던 사람이었어요. 그러니 누가 그 사람이 프락치인 줄 알았겠어요? 그가 6.25때 조소앙 선생을 모시고 북한으로 넘어갔지만 공산당의 프락치가 다 그렇더라고요."

공산당 당원이었던 박갑동 조차 김홍곤이 프락치인 것을 모를 정도로 속았다고 한다. 조소앙 스스로 공산당 프락치들을 축출하고 우익 정치인임을 주장하고, 반공주의적인 입장을 천명했음에도 공산당원이 그의 주변에서 기생한 것 때문에 1975년 무렵까지 붉은 사상을 가졌다며 그를 괴롭혔다.

1949년 6월 김구가 안두희의 총격을 받고 피살되자 그를 추모하는 논평을 발표하고, 오세창 · 김규식 등과 함께 김구의 국민장을 주관했다.

그 해 8월 민족진영강화위원회 상무위원에 선출됐고, 1950년 5월 30일 제2대 총선거에 서울 성북구에 입후보하여 민국당 조병옥 후보와 맞붙었다. 이 선거에

경찰들을 동원한 압력과 테러 행위로 조소앙 측 선거운동원 83명이 구금되고, 선거 전날인 5월 29일에는 "조소앙이 공산당의 정치자금을 받아쓴 것이 탄로나 투표일을 하루 앞두고 월북했다."는 등 근거 없는 벽보와 전단이 성북구 일대에 뿌려졌다.

당황한 조소앙은 선거 당일 새벽 지프차에 확성기를 달고 지역구를 돌아다니면서 자신의 건재함을 알렸다. 선거결과 조소앙은 전국 최고 득표로 국회의원에 당선됐다.

1950년 6월 25일 한국전쟁이 발발하고, 28일 조선인민군이 서울을 점령했으나 피신하지 못해 인민군에 의해 납북되었다. 1954년 6월 김일성과 만난 조소앙은 중립화 통일방안의 중요성을 역설한다. "중립화 통일방안은 우리조선의 장구한 역사적 경험과 교훈, 그리고 오늘 우리 조선이 처해있는 상황으로 보아 외부세력의 침략과 간섭을 배제하고 진정한 자주적 평화통일을 달성하기 위한 유일한 방안입니다. 중립화만 보장되면 외부세계의 침략과 간섭은 없어지고 나라의 평화도 보장되며, 민족의 통일과 단결을 이룩하고 통일위업 달성을 더 앞당길 수 있을 것입니다."

북한에서 1955년 납북인사들과 함께 한국독립당 재건과 독자적 평화통일운동을 추진하려 노력했다. 조소앙에게 처음에 호의적이던 북한정계는 오히려 조선민주주의인민공화국 중심의 통일방안 지지를 요구했다. 그러나 조소앙은 재북평화통일촉진협의회를 만들어 중립화통일방안에 대한 입장을 고수했다.

그 해 대한민국 서울에서 이승만 대통령 암살미수 사건이 발생한다. 한국독립당 당원들과 독립운동가들이 대거 연루된 이 사건에서 이승만 정권은 북한에 있던 조소앙을 사건의 배후로 지목했다. 그러나 조소앙이 배후조종을 했다는 근거는 발견되지 않았다.

1956년 7월 재북평화통일촉진협의회 최고위원에 선출됐는데 북한당국은 중립화통일방안이 자신들의 생각과 다르다고 판단해 납북인사 엄항섭, 명재세, 노일환 등에 반혁명분자라는 혐의를 씌워 체포했다. 이에 조소앙은 조작이라며 단식투쟁을 벌이다 병을 얻어 1958년 9월 10일 타계했다고 알려졌다.

그의 사망은 정확하게 전해진 것이 없고, 목격자도 존재하지 않는다. 자살설, 타살설, 질병에 의한 돌연사설, 일각에서는 투신자살했다는 소문도 있는데 이는 조소앙의 비서로 지냈던 김홍곤이 2002년 “와전된 얘기다”라고 부인했다.

조소앙의 묘는 1970년대말 평양시 신미리에 있는 애국열사릉으로 이장됐다. 남한에서는 조소앙의 서거 소식이 전해지자 서울에서 유해 없는 장례식을 치른 뒤, 경기도 양주군 남면에 가묘로 안장했다.

조소앙의 저서로는 일본 유학 중 출간한 〈동유약초〉와 이후 출간한 〈한국문원〉 〈유방집〉 등이 있다. 1970년 삼균학회에서 〈소앙문집〉 상 · 하권을 간행한 후 복권 여론이 나왔다. 그가 공산주의자가 아니었다는 점과 한국 전쟁 당시 자발적 월북이 아니라는 점에 복권되어 독립기념관 경내에 삼균주의 어록비가 세워졌다.

대한민국 정부에서는 그의 공훈을 기려 1988년에 건국훈장 대한민국장, 북한에서는 1990년 8월 15일 조국통일상을 추서했다.

이은세

1955년 1월 15일, 경기 부천, 인하대학교전기전자과 졸업, 춘천MBC, Sports TV, SBS 20년 근무, 한림대 아시아 문화원 수료, 최고경영자 과정 마케팅 아카데미 수료, 한국 향토축제, 스포츠 이벤트 기획, 컨설팅, MBC, SBS 방송아카데미 문화, 스포츠 마케팅 강사, 잃어버린 (고)조선 역사 찾기 운동, 2002 캐나다 독립이민.

▶ 한국독립의 은인/ Fredrick. Author Mckenzie of Canada

맥켄지기자가 촬영할 당시 의병들의 열악한 무장상태

Fredrick. Arthur Mckenzie of Canada

스코틀랜드계 영국의 언론인. 영국에 건너가 언론계에 종사하면서 해외특파원이 되었다. 1904년 런던의 〈데일리 메일 Daily Mail〉지의 극동 특파원으로 파견되어 러일전쟁에 종군하면서 한말 일제하 한국문제에 관심을 갖고 한국사를 연구했다. 1906년 한국을 재차 방문하여 일제의 한국강점에 저항했던 의병전쟁을 취재했다.
그는 2차례에 걸친 한국방문에서 얻은 경험과 자료를 토대로 〈한국의 비극 The Tragedy of Korea〉(1908)이라는 책을 저술했다. 이 책은 19세기 후반 동북아시아에서 열강의 제국주의적 팽창이 빚은 역사적 만행과 이에 대항하는 한국인의 투쟁을 기록했다. 특히 1907년 의병전쟁에 대한 기록은 제3국인에 의해 쓰인 유일한 종군기로서 그 가치가 높이 평가된다.
그 후 한국이 일본에 강점된 이후의 시기에 대한 자료를 수집해 〈한국의 독립운동 Korea's Fight for Freedom〉(1920)을 저술했다. 이 책은 일제의 한국에 대한 무단통치의 잔학상과 3·1운동에 대한 실상을 기록해 한국의 입장을 세계에 알리는 데 기여했다.

》》

"일본군은 도처에 불을 지르고 다님과 동시에, 반란군을 도왔다는 혐의가 있는 자를 다수 사살했다. 한국인들이 나에게 이런 사실을 이야기해 줄 때 그들이 마지막에 꼭 하는 말은, 일본군이 일제사격을 가한 후 총살대를 지휘하는 일본장교는 시체에 다가가 칼로 찌르거나 베거나 했다는 것이었다. 나는 신빙성을 확실히 보증할 수 있는 어느 영국인에게도 이와 같은 이야기를 들었다. …"

– 맥켄지의 저서 《대한제국의 비극》 일부

한국독립의 은인
Fredrick. Arthur Mckenzie of Canada

이은세

1906 년이 저물어 가던 12월말.

영국의 중앙아시아학회(Central Asian Society)의 발표회에서 일본의 한국에 대한 식민지정책(The Colonial policy of Japan in Korea)을 신랄하게 통박 보고하는 사람이 있었다. 영국 데일리 매일(Daily Mail) 신문의 극동아시아 담당 특파원 맥켄지(Fredrick. Arthur Mckenzie) 기자였다. 그는 빈년 넘게 극동아시아를 특별취재하고 돌아와 한국이 처한 참담한 실상을 보고하면서 "영국이 일방적으로 일본의 정책을 지지하는 것은 신중히 검토를 해야만 할 것"이라고 주장했다. 그러나 많은 사람들이 그의 주장에 대해 반론제기와 함께 집요한 질문을 던졌다.

이 무렵(1905년) 영국은 러시아의 남진을 우려해 일본과 우호조약을 맺은 상태였다. 그래서 그날 발표회의 사회자인 에드워드 콜렌(Edward Collen) 중장부터 일본의 정책을 변호하고 나섰다. 영국 정가의 사람들도 일본이 오히려 한국을 발전시키고, 아시아의 평화를 선도할 것이라는 일본정부의 주장에 더 많이 동조를 했다. 아무도 을사보호조약 이후 일본의 군경이나 거류민들이 한국에서 행하는 부당한 행위를 믿지 않았다. 이 같은 일본의 부당한 처사에 반대하여 일어난 한국의 의병투쟁 현장을 직접 취재한 맥켄지의 말도 믿지 않을 정도로 그들은 일본을 믿고 있었다.

당시 서방세계는 일본이 한국의 정치인들을 협박하여 고종의 승인도 없이 맺어진 불법체결로 한국이 주권과 외교권을 빼앗긴 것을 모르고 있었다. 다만 일본의 왜곡된 거짓 홍보를 통해 한국 국민들이 일본의 지배하에 행복한 삶을 누리는 것으로 알고 있었다.

당시 한국에 주재했던 많은 외국인들은 이러한 사실을 알고 있었다. 하지만, 러시아가 진주해 내려 오는 것을 우려하던 영국이나 미국이 동맹을 맺은 일본이 잘 대항하고 있다고 생각했다. 따라서 일본군들의 한국인에 대한 억압적인 사건들도 전시 체재 하에서 있을 수 있는 일시적인 소란으로 간주하기까지 했다. 이런 생각으로 일본을 동정하던 분위기라 일본의 정략에 대한 이의제기나 비난을 하지 않았다.

언론들도 한국보다는 외교적으로 넓은 인맥을 형성하고, 개방정책을 펴 온 일본에 우호적일 수 밖에 없었다. 한국을 찾는 해외 여러 나라의 정객들은 일본인 안내자들이 한국인들을 만나지 못하도록 동선을 관리하여 한국의 사태를 짐작도 못하는 실정이었다.

이런 상황에서 맥켄지는 한국 의병과 일본 군들이 전투를 벌이는 지방 곳곳을 직접 찾아 다니며 취재를 하였다. 현지의 곳곳에서 일본 군경에 의해 무참히 학살당한 한국인들의 참상을 보고 느낀 점을 신문과 저서를 통해 국제사회에 알리는 작업을 일본정부의 검열과 감시에도 불구하고 꾸준히 하였다.

일본은 임진왜란 7년 전쟁에서 패한 뒤 200여년간 쇄국정책을 고수해왔다. 그러던 일본이 명치유신을 통해 서구의 새로운 문명을 받아 들여 한국을 앞서 가게 되었다. 당시 한국은 아직 쇄국정책으로 문명국가로서의 발전에 뒤쳐져 있었다. 일본은 그런 한국을 얕보며 독립과 보호를 명분으로 또다시 대륙으로 진출하려는 야욕을 품고 있었다. 그 야욕의 일환으로 강압적으로 맺은 조약이 을사보호 조약(1905년)이다.

그 당시 한국은 오랜 세월의 쇄국정책을 풀고 미국과 동맹을 맺은(1882년)상태였다. 그래서 동맹국으로서 미국이 당연히 한국에서 일어나고 있는 타 국민들의 불법적인 행위를 제지해 줄 것으로 믿었다. 이 같은 사실은 맥켄지 기자가 고종황실 재정담당자 이용익과 인터뷰 한 내용에서도 잘 확인되고 있다.

맥켄지는 이용익에게 러일전쟁이 발발하면 한국의 자주독립에 중대한 영향을 미칠 것이라고 했다. 그랬더니 이용익은 "한국의 독립은 미국과 유럽 열강들에 의해 보장되었으므로 러 . 일간에 전쟁이 일어나도 한국은 위험이 없다."고 했다. 그러자 맥켄지가 "한국인 스스로 사신을 보호하지 못하는데, 어느 나라가 한국을 보호하기 위해 싸우려 들겠는가?"라고 물었더니 이용익은 "우리는 미국으로부터 약속을 받고 있다. 미국은 무슨 일이 일어나도 우리의 맹방이 될 것이다."라고 대답할 만큼 한국은 미국에 대한 큰 기대감을 가지고 있었다.

그러나 당시 외교력이 없던 한국의 정치권이 미국과의 교류에 적극적이지 않았고, 국민들의 정서도 서구인들에 대해 배타적이었다. 게다가 미국은 당시 한국의 부패한 정치권력을 신뢰하지 않았고, 일본이 한국의 독립을 보장한다고 한 약조를 믿었기 때문에 일본과의 대립을 달가워하지 않았다.

그렇게 아무도 한국의 현실과 미래에 대한 관심이 없었던 때였다. 맥켄지는 2년 가까이 한국의 방방곡곡을 찾아 다니며 밀착취재를 하였다. 그리고 그는 의로운 기자의 양심으로 일본의 만행을 전 세계에 지속적으로 알리며 한국의 독립과 지원을 호소하는 열정을 아끼지 않았다.

이와 같이 한국에서의 활동으로 유명한 프레더릭 아서 매켄지(Frederick Arthur McKenzie, 1869년 ~ 1931년)는 스코틀랜드계 캐나다인 언론인이자, 저술가이다. 1869년 캐나다의 퀘벡 주에서 태어난 맥켄지는 1900년에 영국의 일간지인 데일리 메일(Daily Mail)에 입사해 기자생활을 시작하였다. 1919년 경기도 수원군에서 발생한, 일본제국 군대에 의해 일어난 제암리 학살사건의 진상을 폭로한 것으로 도 잘 알려져 있다.

맥켄지는 1904년에 일본제국 육군의 종군기자로 러일전쟁의 취재를 위해 대한제국을 방문하였다. 그 뒤에는 러시아 제국의 영토를 거쳐서 영국으로 돌아갔다. 1905년, 그때까지의 기록을 《도쿄에서 트빌리시까지 - 검열 받지 않은 편지》라는 등의 저서를 통해 (을사)보호조약 이후 일본의 강압적인 정책에 수난을 당하는 한국의 실상을 낱낱이 세상에 알렸다.

1905년, 한국의 독립을 약속한다는 명분으로 맺은 "을사 보호조약"의 실상은 한국의 주권과 외교권을 일본이 빼앗은 불평등한 조건이었다. 그래서 고종황제가 끝까지 반대를 하였다. 그리고 국왕의 서명이 없는 조약은 무효라고, 네덜란드 헤이그의 "세계 만국평화 회의"에 고종황제가 일본 몰래 - 이준, 이상설, 이위종 등 세 밀사를 파견하였다. 하지만 일본의 방해로 끝내 성사를 하지 못했다. 이에 울분한 이준 열사는 현장에서 자결하여 대한 남아의 기개를 보이며 한국의 실상을 알리고 순국하였다.

친일기자였던 맥켄지, 친 한파로 전향

맥켄지가 "나는 솔직히 한국에 오기 전에는 한국보다는 일본에 호감을 가지고 있었다."고 말했을 정도로 그는 친일기자였다. 그는 일본이 야만국인 한국을 개화시키는 고마운 일을 하고 있다고 믿었다. 그런데 자기나라를 개화시켜주는 일본에 반항하는 한국의 의병들을 이해할 수가 없어서 의병 취재에 나서게 되었다.

취재를 하면서 그는 "직접 한국을 돌아본 결과 내 생각이 잘못이었음을 깨달았다. 일본군은 양민을 무차별 학살하고 부녀자를 겁탈하는 비인도적 만행을 서슴지 않았다. 반면 한국인은 비겁하지도 않았고 자기 운명에 대해 무심하지도 않았다. 한국인들은 애국심이 무엇인가를 몸으로 보여주고 있다."고 고백했다. 이와 같이 맥켄지는 의병들의 용기와 애국심에 깊은 감명을 받았다. 반면 일본군의 만행에 대해서는 가차없는 비판을 가하면서 그 내용을 세밀하게 기록했다.

의병은 1895년 동학 농민운동의 세력을 기반으로 일어나기 시작, 명성황후가 일본의 낭인들에게 시해 당한 을미사변과 단발령 시행에 항거하는 운동으로 이어졌다. 이어 1905년 일본의 강압에 의한 을사늑약이 맺어지자 '을사늑약의 파기와 일본정부 관료들의 축출'을 주장하는 을사의병이 일어났다. 을사의병은 을미의병에 비해 더욱 거센 의병이었다. 그러나 신무기로 무장한 일본군에게 패해 끝내 실패하고 말았다.

1907년, 일제에 의한 고종의 강제 퇴위와 대한제국 군대의 해산령에 반발하여 정미의병이 일어났다. 정미의병은 해산 군인들이 합세하여 그 파급력이 거대했다.

당시 의병들은 확보할 수 있는 무기는 모두 사용하였다. 일본군에 비해 절대 열세였던 화력의 확보가 전투의 승패를 가름하는 요인이었음을 누구보다 더 잘 알고 있었던 의병들은 더 우수한 무기를 확보하기 위해 백방으로 노력을 경주하고 있었다. 맥켄지도 의병들로부터 근대식 무기를 제공해 달라는 간청을 받았을 정도였다. 이때 의병들은 원하는 돈을 모두 줄 수 있다고 하였다.

의병들은 의병전쟁 전 시기에 걸쳐 가장 널리 사용되던 화승총을 비롯해 구 한국군이 사용하던 양총, 모젤식 권총 등을 사용했다. 맥켄지가 어린아이 장난감과 같다고 표현했을 정도로 형편이 없었다. 맥켄지는 의병들이 소지한 낡고 조악한 총기류를 보고 커다란 충격을 받았다. 이처럼 고철덩어리와 같은 무기를 가지고 최정예 일본군을 상대로 지속적으로 전투를 벌이고 있던 의병들에 대해 그는 무한한 경의를 표하게 됐다.

이와 같은 무기로 무장한 의병들이 지방에서부터 일어나 한국의 주권과 외교권을 빼앗고 폭정으로 한국인들을 탄압하고 있는 일본 무뢰배들과 군경에 대항했다. 또한 일본의 압력에 계속 항거하는 고종을 강제로 폐위시키자 의병활동이 전국적으로 확대 되었다. 맥켄지는 제대로 된 무기도 없이 신식 총으로 무장한 일본군과의 전투를 하는 의병들을 찾아 제천, 원주, 이천, 양평을 비롯한 전국 방방곡곡을 찾아 다니며 취재를 하였다.

맥켄지는 이런 실상을 취재하면서 일본의 야만적인 침략과 폭정에 한국인들이 무모한 싸움을 하고 있다고 생각하였다. 그러나 한편으로는 한국인의 삶을 무참히 짓밟고 살상을 서슴지 않는 일본군경들을 보고 일본의 정책이 얼마나 허구적인가를 알게 되었다. 그리고 직접 만나 본 의병들의 자유수호와 신앙의 자유와 여성의 정절과 민족의 미래를 지키려는 목숨을 건 의지와 기개를 통해 한국인들의 올바른 민족성과 애국심을 인지하게 되었다.

두 번에 걸쳐 심층취재를 마치고 돌아 간 맥켄지는 "동양의 정체(The Unveiled East)"라는 저서의 부록에 '한국인들은 일본의 통치를 반대한다'는 글을 따로 실었다. 그리고 나약하기만 한 황제로 알려진 고종이 끝까지 1905년 을사보호조약의 부당함에 반대하여 서명을 하지 않았다는 사실과 한국정부에서 미국 대통령에게 보내는 호소문(A Korean Foreign Statement) "을사보호조약 무효"를 전면 게재하였다. 또한 최익현이 일본통감과 일본내각에 보낸 공개장(The Open Letter of Choi Ik Hyun) 전문도 실어 세계의 언론과 양식 있는 정치가들과 독자들에게 알렸다.

1907년에는 일본의 조선 통감부가 내린 대한제국 군대의 해산명령 항의하여 대한제국 각지에서 일어난 의병들의 활약상을 취재해 사진으로 남겼다. 같은 해에 출판한 저서 《베일을 벗은 동양》의 부록에서 매켄지는 한국인은 일본의 통치에 반대하고 있다는 글을 올렸다. 1908년에는 《대한제국의 비극》이라는 책을 간행하였다. 그 일부를 소개하면 다음과 같다.

"…내가 가는 곳마다 들은 이야기는, 많은 전투에서 일본군이 부상자나 투항자의 전부를 조직적으로 살육했다는 것을 보여 준다. 모든 경우가 그랬다고 할 수는 없을지라도 대개의 경우가 확실히 그러했다. 이 사실은 일본 측의 많은 전투 보고에 의해서도 확인할 수 있다. 전투 보고서에 적힌 한국인 사상자 수를 보면 부상자나 투항자에 대해서는 일체 언급이 없고 죽은 자의 수가 너무나 많은 것이다.

또 한 가지 기록해 둘 필요가 있다. 일본군은 도처에 불을 지르고 다님과 동시에, 반란군을 도왔다는 혐의가 있는 자를 다수 사살했다. 한국인들이 나에게 이런 사실을 이야기해 줄 때 그들이 마지막에 꼭 하는 말은, 일본군이 일제사격을 가한 후 총살대를 지휘하는 일본장교는 시체에 다가가 칼로 찌르거나 베거나 했다는 것이었다. 나는 신빙성을 확실히 보증할 수 있는 어느 영국인에게도 이와 같은 이야기를 들었다. …"

맥켄지의 저서 《대한제국의 비극》 일부

1910년대, 일본의 무단정치 아래에서 일본 천황 직속의 조선총독은 군사, 사법, 행정, 입법 권력을 장악하여 소천황(小天皇)처럼 군림했다. 경찰은 헌병경찰이 보통경찰을 겸무하여 반일적인 움직임에 대한 정보수집, 탄압활동뿐 아니라 민중생활 전반을 장악했다. 일본인은 헌병경찰뿐 아니라 일반관리와 교사까지도 일본도를 찼다. 반대로 민중은 청원이나 진정의 자유는 물론, 빈곤으로 인한 유랑이나 걸식의 자유마저도 박탈당했다. 그리고 폭력이 만연하여 한반도는 병영화되었다.

1919년 3월 1일

일제의 무단정치가 갈수록 포악해지자 한국인들은 한일병합조약의 무효와 한국의 독립을 선언하고 비폭력 만세운동을 시작했다. 이를 3.1 혁명 또는 기미독립운동이라고도 부른다. 운동의 시발은 대한제국 고종이 독살되었다는 '고종 독살설'이 소문으로 퍼진 것이 직접적 계기가 되었고, 고종의 인산일(=황제의 장례식)인 1919년 3월 1일에 맞추어 한반도 전역에서 봉기했다. 3.1 운동을 계기로 다음 달인 4월 13일 중국 상하이에서 대한민국 임시 정부가 수립되었다. 이 운동이 해외 신문들을 통해 세상에 알려져 한국인들의 결연한 독립의지를 세상에 재 인식 시키는 계기가 되었다.

맥켄지는 미국 시카고 데일리 신문사에 근무하면서 이 소식을 접하고 누구보다도 한국의 참상을 세상에 알리고 경고를 했던 친한국 정치기자이다. 그는 '한국의 독립운동(Korea's fight for freedom)'이란 책을 발간하여 다시금 세계정객들을 일깨우고자 하였다. 특히 그 해 4월에 있었던 제암리 학살사건에 주목해, 당시 그 현장을 목격한 캐나다인 신교사인 프랭크 윌리엄 스코필드의 증언을 토대로 일본제국이 일으킨 학살사건의 진상을 세계에 폭로하였다. 이 때의 경험을 바탕으로 1920년에는 《한국의 독립운동》이라는 책을 집필하였다. 또한 같은 해 영국에서 한국친우회를 조직해 한국의 독립운동을 후원했다. 1921년에는 미국의 일간지인 데일리 뉴스에서 1926년까지 근무하면서 유럽 각국에서 강연을 하였다.

선교사와 외국기자들 가운데 친일파로 또는 가장 악질분자로 낙인 찍혔던 맥켄지. 그는 한국의 의병들이 열악한 환경에서도 일본군과 맞 서 싸우는 취재과정을 통해 한국인들의 올바른 민족성과 애국심에 감동받고 친 한파로 전향했다. 그리고 3.1독립 운동이 일어나게 된 일본의 비 인륜적인 고문과 탄압의 진상, 이를 호소하려던 파리 강화회의 사건, 비폭력적인 3.1 독립운동의 준비와 전개과정을 낱낱이 전하였다. 그는 언론인의 정도인 정의구현과 진실을 밝히는 의무라는 숭고한 이념으로 무장된 기자였다. 그래서 일본의 흉악하고 잔혹한 식민정치의 현실을 세상에 규탄하기를 주저하지 않았다. 이 같은 그의 외침은 제국주의의 바람이 한창이던 시절이라 공허하기 까지 했지만, 자유독립을 외치는 한국인들의 절규에 일본의 눈치만 보던 세계 열강들을 향한 과감한 경고였다.

맥켄지는 "일본의 군국주의 팽창을 견제하지 않으면 30년 내에 극동 아시아에서 큰 전쟁이 일어날 것이며, 한편으로는 서양 제국 중에서 그 전쟁에 가장 큰 부담을 질 나라는 미국일 것이다"라면서 "일본이 군국주의를 선택하여 칼을 손에 쥐고 피지배 민족 위에 군림하는 부당한 동양의 리더가 아니라, 동양의 평화와 공정거래를 주도하는 동양의 당당한 리더가 되는 기적의 미래를 선택해야 한다."고 권고하였다.

그러나 맥켄지의 탁월한 판단에 따른 권고와 경고와는 달리 일본은 군국주의를 택하였다. 그것도 정부와 군부의 판단에 앞선, 만주에 파견되었던 일부 장교들에 의한 "만주사변"으로 일본 정부와 군부가 마지못해 끌려 들어 간 것이다. 그렇게 일본은 평화와 공존이 아닌 제국, 군국주의의 수렁에 빠지게 되었다. 이로 인하여 멕켄지의 예견보다 10년이나 앞선 1941년에 세계 제2차 대전을 일으키게 되었다.

유럽 제국주의 국가들의 침략으로부터 아시아 민족들을 보호한다는 허울을 내세운 "대동아 전쟁"으로 무너져 가는 일본 국내사정을 극복하고자 한 돌파구로서의 전쟁이었다. 그 결과 아시아 이웃들을 식민지화 하려는 일본의 자극을 받아 유럽을 장악하고 지배하려던 독일과 이탈리아가 합세하여 세계대전으로 확대된 비극이었다. 아직 제국으로서의 물리적, 정신적 기반이 준비가 되지도 않았고, 영국이나 미국의 군사력에 턱도 없이 열악한 일본이 동맹을 부추겨 벌인 제2차 세계 대전은 수 천 만 명의 희생을 치르는 참혹한 전쟁이 되고 말았다.

온 유럽의 약소국가들이 불과 3,4일만에 한 나라씩 유린되고, 아시아 국가들이 수 십만 명씩 희생되는 전란 중에 대영제국도 풍전등화와 같았다. 이때 독일의 뒤를 위협하는 러시아를 먼저 저지하려는 사이에 영국이 우수한 공군전투기를 확보하게 되었다. 독일보다 월등한 공군력으로 러시아에서 참패를 하고는 영국 공격으로 전략을 바꾼 독일을 막는 사이에 연합국 인재들을 총동원한 미국이 극적으로 원자폭탄 개발에 성공하였다.

히로시마와 나가사키는 일본의 군수물자 생산기지이며 아시아 침략의 전진기지였다. 이곳에 단 한 발씩의 원자폭탄을 투하, 무려 100만 명이 넘는 희생자를 내고, 두 도시를 완전히 폐허로 만들었다. 이 가공할 위력 앞에 일본이 무조건 항복을 하고 제 2차 대전은 끝이 났다. 아직도 일본의 제국주의를 찬양하고, 무조건 항복보다는 좀더 항전을 했어야 했다고 비난하는 부류들이 있지만 세계 역사는 현실로 그들의 무모하고 부당함을 기록하고 있다.

이 전쟁에서 러시아는 일본에 선전포고를 한지 불과 8일만에 60

만 명에 달하는 일본군 포로를 억류하면서 오랜 세월 그들을 노동 인력으로 활용하여 또 다른 군국주의 제국인 소련연방을 건설하는 승전을 하였다. 그리고 맥켄지의 예언대로 미국은 가장 많은 인명피해와 전쟁물자를 부담하고 말았다.

또한 일본은 맥켄지의 권고인 동양 평화의 리더십 대신에 과대망상과도 같은 군국주의를 통한 아시아의 이웃 나라들을 침략하고 수탈하는 비 인륜적인 정책을 선택했다. 그럼으로써 그에 대한 피의 대가를 치렀고, 한 세기가 다 되어가는 지금도 미국은 세계 평화를 지키는 제국의 임무에 많은 부담을 안고 있다.

일본의 총리였던 이또히로부미도는 “일본은 이 지구상의 모든 문명국가들로부터의 존경을 잃을 것이다”라고 말했다. 그의 말처럼 남의 나라의 황후를 계획적으로 무참히 살해하고 불에 태워버린 흉악한 범인들을 세계 여론의 지탄에 밀려 법정에 세웠다. 그렇지만 ‘역사 앞에 승리한 정권의 권리’라는 인류사회의 정의를 비웃는 궤변으로 전원 무죄석방을 하고 환영만찬까지 열어 준 것이 일본이다. 그 히로시마 법정의 하늘에 내려진 원자폭탄의 천벌을 받고서야 한국에서 물러나는 무모하고 어리석은 역사를 쓴 것이다.

100년 전 제국주의가 기승을 부리던 그 시절과 같이 중국, 터키, 러시아 등이 또다시 군국적 제국주의를 꿈꾸는 상황이 벌어지고 있다. 역시 미국과 영국을 축으로 하는 연합군 세력들과 제국주의자들의 틈바구니에서 남북한 간에 투쟁까지 하고 있는 것이 오늘의 한국 정세이다.

그래서 더더욱 맥켄지와 같이 정의롭고 명석한 기자와 세상을 멀리 내다보며 국가와 민족, 세계평화를 위해 헌신할 정치지도자가 절실하게 요구된다. 국가의 밝은 미래와 정의를 실현하고자 하는 국민들의 올바른 판단과 노력이 또한 아쉬운 세상이 되었다.

21세기 문명의 시대에도 많은 언론들이 조작보도를 하고 있다. 맥켄지도 얼마든지 일본의 부당함을 적당히 눈감아 주면서 편히 대우받아 가며 기자활동을 할 수 도 있었다. 그러나 그는 언론인의 정도인 정의와 자유를 수호하는 숭고한 기자정신을 철저히 실천한 기자였다. 그의 이러한 기자정신이 오늘날 100여 다민족의 복합문화 천국이란 캐나다의 언론을 올바로 이끌어 가게 한 힘과 묘의 바탕이 되었을 것이다.

당시 영국 언론인 베텔(Bethel)이 한국 내에서 직접 진상을 국민들에게 제대로 알리고 독립 의지를 북돋았다면, 맥켄지는 세상 밖으로 한국의 실상을 알리고 미래를 예견하여 강대국들의 각성을 유도했다. 결국 그의 예견대로 일본의 야욕은 세계 2차 대전을 일으키는 단초가 되었고, 강대국들이 연합하여 일본을 무찌르고 한국을 독립시키고 돕는 계기가 되었다.

멕켄지는 일본의 유신정책에 따른 발 빠른 추진력 등 일본을 발전 가능한 훌륭한 나라로 보았다. 그럼에도 불구하고 그들이 잘못 방향을 잡아가고 있는 제국주의 성향을 제대로 지적해준 기자였다. 맥켄지의 이런 지적을 외면한 일본은 한국 탄압정책을 더욱 가중시켰다. 이런 시기에 맥켄지는 가장 극렬하게 일본정책에 반대를 하고, 세상에 알리는 작업을 멈추지 않았다. 자연히 일본 군경은 외국기자임에도 맥켄지를 악질분자로 분류 그의 기사검열과 송고방해, 감시를 게을리 하지 않았다. 그러나 맥켄지는 그와 같은 부당한 환경에서도 끝내 한국의 자유와 독립을 위해 수고한 노력과 헌신이 어느 나라에서도 제대로 기려지지 않고 있다.

맥켄지는 자신의 예언보다도 10년이나 빠른 1931년 캐나다 온타리오에서 62세의 젊은 나이로 타계했다. 일본에 의한 세계의 대재앙이 시작 될 무렵이었다. 그는 그간 출판한 책들 외에는 아무런 개인적인 자료들을 남기지도 않았다. 대한민국 정부는 2014년 그에게 건국훈장 독립장을 추서했다

영국과 미국에서 신문기자이며 칼럼니스트, 저자로 평생을 일관한 맥켄지. 그는 한국의 미래를 걱정하고, 온 세계에 일본의 간악한 정책과 폭정을 폭로하고, 세계열강들에게 한국의 독립을 지원할 것을 호소하였다.

그의 적극적인 한국 독립에 대한 관심과 홍보로 뒤늦게 나마 제2차 세계 대전을 통해 반쪽으로 독립이 되었다. 세상에서 가장 헐벗고 못사는 나라에서, 지금은 캐나다와 함께 어깨를 견주는 세계 경제 10대국이 된 한국을 자랑스럽게 보여드리고 감사를 해야 하는 것이 우리 한국인들의 도리란 생각이다.

한국 독립의 은인, 맥켄지 기자님 ! 대단히 감사합니다.

참고문헌

1, 한국의 비극 / 맥켄지 저, 조재영 옮김 / 한국뉴턴출판
2, 한국의 독립운동 / 맥켄지 저, 이광린 번역 / 일조각출판
3, 일본제국주의 정신사 / 쓰루미 슌케스 저, 강정중 옮김 / 한벗출판
4, 눈으로 보는 한국 역사 / 박두이 편집 / 교원출판

장인영

1987년 성균관대학교 졸업, 1987년 삼도물산 근무, 2003년 캐나다 이민, 현 코파스 재직, 할라에어로빅 회원

▶ 대한 독립과 결혼한 만석꾼의 딸, 김마리아 열사

대구 종로 초등학교 담벼락
모자이크 타일 작품으로 살아난 “우리가 기억해야 할 여성 독립운동가”

김마리아 열사

김마리아(金瑪利亞)는 1892년 6월 18일 황해도 장연군 대구면 소래마을 대지주의 막내로 태어났다. 매사에 신중을 기하며 사내 같은 포부를 지녔던 그는 교회와 학교를 통해 서구적 근대교육과 기독교적 인생관을 교육받았다. 정신여학교를 다닐 때는 안창호 김규힉과 절친한 숙부 김필순과 고모 김순애의 영향을 받아 남다른 민족의식을 형성했는데, 작문시간에 그는 항일적은 글을 곧잘 써서 당시 일본의 탄압상을 신랄하게 비판하곤 했다.

– 건국훈장 독립장 추서

》》

"너희가 할대로 다해라. 그러나 내 속에 품은 내 민족 내 나라 사랑하는 이 생명만은 너희가 못 빼내리라"

– 김마리아 열사가 고문하는 일본 형사에게

대한 독립과 결혼한 만석꾼의 딸, 김마리아 열사

장인영

일본에게 나라를 빼앗겼을 때 독립운동을 한 여성이라면, 대부분의 사람들이 유관순 열사 말고는 딱히 다른 사람을 떠올리지 못한다. 독립운동을 한 여성이 유관순 열사 한 분뿐이기 때문일까? 그렇지 않다. 유관순 열사 외에도 독립운동을 한 여성은 수없이 많다.

남성 못지않게 무장투쟁을 한 여성들도 있었고, 3.1운동 때 순국한 소녀들도 있었다. 대한민국 임시정부에서 독립운동가들을 뒷바라지 한 여성들도 있었고, 광복군이나 조선의용대 대원으로 맹활약한 여성들도 있었다.

또한 남성들과 함께 어깨 나란히 독립운동을 한 여성들도 있었고, 독립 운동가들에게 숙식을 제공하고, 독립군 군복과 화약을 만들고, 도피자들을 숨겨 주거나 독립운동 자금을 모아 임시정부에 전달하는 등, 보이지 않는 곳에서 헌신한 여성들이 수없이 많았다. 이들 중에 김마리아라는 독립운동가도 있었다.

마리아하면 헷갈려 하는 사람들 또한 적지 않다. 친일반민족행위자 박마리아(부정부패의 원조 이기붕의 아내)는 기억해도 안중근의 어머니 조마리아나 독립운동가 김마리아는 모르는 사람들이 많다.

독립운동가 김마리아는 황해도출신 엘리트 김미라아와 러시아 출신 쌍권총 김마리아 등 두 분이 있다. 본고에서는 황해도 출신 김마리아 열사에 대해서 살펴보기로 했다.

민족의식 투철한 기독교 집안서 근대교육 받아

황해도 출신 엘리트 김마리아는 1892년 6월 18일 황해도 장연군 대구면 소래(송천)마을에서 만석꾼인 아버지 김윤방과 어머니 김몽은 사이의 3녀 중 막내로 태어났다. 김마리아가 태어난 소래마을은 한글성경을 최초로 번역한 서상륜 · 서경조 형제와 언더우드 선교사의 도움으로 우리나라 최초의 장로교회인 소래교회가 설립된 곳이기도 하다.

김마리아 부모는 막내딸에게 세례명이자 본명으로 마리아(瑪利亞)라고 이름을 지어줄 정도로 독실한 기독교신자였다. 또한 아버지 김윤방은 송천리에 교회와 학교를 세워 민족계몽운동을 벌이던 개화인사였다. 그런데 김마리아가 세 살 되던 해에 아버지가 병으로 세상을 떠났고, 13세 때는 어머니마저 "막내 마리아는 기필코 외국까지 유학을 시켜 달라"는 유언을 남기고 유명을 달리했다. 부모가 모두 사망하자 김마리아는 김윤오, 김필수 등 숙부들의 슬하에서 자랐다.

김마리아의 집안은 민족의식이 투철한 명문가였다. 고모부인 서병호와 그의 아들(고종사촌) 서재현은 대한민국 임시정부에서 활동한 독립운동가였다. 또한 독립운동가 김규식의 부인이자 상하이에서 독립운동을 주도한 김순애는 김마리아의 고모가 된다. 숙부 김필순은 임시정부를 세운 노백린, 류동렬, 이동휘, 김규식 등과 가까운 사이로 안창호와 의형제를 맺고 세브란스의전을 나와 만주에서 독립운동을 했던 독립운동가였다.

이와 같이 김마리아는 유복한 가정환경에서 개화지식인으로 애국자였던 부친과 삼촌 고모들 사이에서 자라면서 자연스럽게 조국과 민족을 사랑하는 민족주의자가 되어갔다. 이렇게 형성된 김마리아의 남다른 민족의식은 여학교 작문시간에 일본의 탄압상을 신랄하게 비판하는 항일성으로 자리매김해나갔다.

본격적으로 독립운동에 돌입한 학창시절

김마리아는 1901년 부친이 세운 소래(松川) 보통학교를 졸업하고, 1905년 상경, 세브란스병원에 근무하던 삼촌 김필순의 집에 기거하면서 1910년 성신여학교(연동 여학교)를 수석으로 졸업했다. 조국이 일제의 완전식민지로 전락한 때였다. 삼촌의 집엔 김규식, 노백린, 안창호, 이동휘 등 애국지사들의 출입이 잦았다.

여학교를 졸업한 김마리아는 큰 언니 김함라(金函羅)가 근무하던 광주의 수피아여학교를 거쳐 1913년 은사의 추천으로 모교인 정신여학교 수학교사로 부임했다. 이때 김마리아는 틈만 나면 기숙사 21호 독방에 들어가 “이스라엘 백성을 젖과 꿀이 흐르는 가나안 땅으로 인도하신 하나님. 이 민족을 불쌍히 여기시어 모세와 같은 민족의 지도자를 보내주시고 하루 속히 조국의 비참한 현실을 타개할 수 있는 용기와 지혜를 허락하여 주옵소서."라고 민족의 장래를 위해 뜨거운 마음으로 기도를 드렸다.

이와 같은 김마리아의 조국에 대한 열정에 감동한 루이스 교장은 조선의 암울한 시기에 새로운 길을 열어나갈 역량 있는 여성임을 확신하고 일본유학을 적극 추천했다.

루이스 교장의 추천으로 일본유학을 떠난 김마리아는 히로시마의 여학교를 거쳐 1915년 도쿄 메지로여자학원 전문부에 입학했다. 이때 유학생들과 비교적 자유롭게 구국독립에 대한 연설과 열띤 토론을 할 수 있었다. 한국유학생들에 대한 일경의 감시가 있었지만, 국내와 같이 그렇게 심하지는 않았기 때문에 가능했던 것이다.

3.1만세운동 불씨 지핀 2.8독립선언에 깊이 참여

1918년 11월, 윌슨 미대통령이 민족자결주의를 선포했다. 즉 민족의 문제는 그 민족 스스로 결정해야 한다는 것이다. 이 소식은 일본에 유학 중이던 한국학생들에게 큰 자극제가 되었다. 유학생들은 조선청년독립단(朝鮮淸年獨立團)을 조직하고 민족자결주의를 근거로 한국의 독립을 요구하는 선언서와 결의문을 치밀하게 추진했다. 이 선언문이 바로 3.1만세운동의 불씨를 지핀 2.8독립선언문이다. 이 자리에는 동경여자 유학생친목회장으로 활동하던 김마리아도 있었다.

김마리아가 본격적으로 독립운동에 뛰어든 것은 이때부터였다. 김마리아는 황애덕 등 여학생들과 자발적으로 성금을 거둬 2.8독립선언 준비자금에 보태는 한편 국내와 연대를 모색했다. 그러나 2.8 독립선언서에 서명한 조선청년독립단 대표 11명 중 여학생은 한 명도 없었다. 김마리아는 여성이 남성과 동등하게 독립운동에 참여하지 못하는 현실에 대해 문제의식을 느꼈다.

1919년 2월 8일, 유학생들은 적의 심장부인 도쿄 한복판의 조선기독교청년회관에서 독립선언서와 결의문을 낭독하고 우렁차게 만세를 불렀다. 이 집회로 김마리아를 비롯한 수십 명의 학생들이 동경 경시청에 연행당해 취조 받은 후 후 풀려났다.

그러나 유학생들은 거기서 활동을 멈추지 않았다. 비밀리에 다시 모여 독립운동의 불씨가 꺼지지 않고 조선으로 번져 전국적인 독립운동으로 확대해야만 조국 광복을 쟁취할 수 있다고 생각했다. 김마리아도 국내의 독립운동은 전 여성들이 참여하지 않고는 거족적인 독립운동으로 빌전할 수 없다는 것으로 인식 국내로 잠입해 활동하기로 결심했다.

졸업을 눈앞에 둔 김마리아였지만, 그는 2.8독립선언문 10여장을 미농지에 복사하여 기모노 속에 숨겨가지고 2월 15일 부산에 도착하는데 성공했다. 무사히 부산에 도착한 김마리아는 서울, 대구, 광주, 황해도 등의 학교와 교회, 여성계 인사들을 찾아 다니며 독립의 때가 왔음을 알리고 그때 함께 궐기하도록 당부했다. 이렇게 전국 각지를 순회하며 독립운동을 고취하던 그는 황해도 봉산에서 3.1운동 발발의 소식을 듣고 곧장 서울로 올라왔다. 지속적인 독립운동 방향을 모색하고자 서둘러 상경한 것이다. 그러나 3월 5

일 배후지도자로 지목되어 모교에서 학생들과 함께 피체되고 말았다.

살아서 나올 수 없다는 왜성대, 그곳에서 김마리아는 일경의 혹독한 고문을 받은 뒤 3월 27일 이른바 보안법위반으로 기소되어 서대문 감옥으로 이감되었다. 일본 경찰은 김마리아에게 약 6개월간 고춧가루를 탄 물을 코에 붓고, 가마에 말아서 때리고, 머리를 못 쓰게 해야 이런 운동(독립운동)을 안 한다고 시멘트 바닥에 구둣발로 머리를 짓이기고, 시뻘겋게 달군 인두로 여성의 국소까지 지지는 등 갖은 악형과 고문을 자행했다 하지만, 김마리아는 "너희가 할대로 다해라. 그러나 내 속에 품은 내 민족 내 나라 사랑하는 이 생명만은 너희가 못 빼내리라"고 자신만만해 했다.

그런 혹독한 고문을 당한 후 독방에 갇힌 김마리아는 의연하게 성경을 외우고 하나님께 조국독립을 호소하는 기도를 멈추지 않았다. 또한 국민의 절반인 여자들이 국민의 의무와 권리를 자각하게 해 달라고 가슴을 치며 기도했다. 기도를 통해 김마리아는 기울어가는 나라와 민족을 구하여야 할 책임감이 가슴 깊은 데서부터 끓어올랐고, 구약 성경 시편 23편은 외로운 감옥생활에서도 주께서 항상 함께하심을 확신하게 했다. 이 같은 믿음과 간절함은 8월 5일 증거 불충분으로 예심 면소결정을 받고 석방되었다. 그러나 김마리아는 갖은 고문으로 뼛속에 고름이 차는 유양돌기염과 상악골 축농증이 생겨 평생 고통을 받았다.

이론과 실천을 겸비한 독립운동가

일본경찰의 고문으로 폐인이 되다시피 한 김마리아였지만 활동을 멈추지 않았다. 모교에서 교편을 잡으면서 침체된 여성들의 항일독립운동에 활력을 불어넣기 위해 기존의 대한민국애국부인회를 1919년 9월 19일 비밀리에 전국 규모로 확대조직하고 회장에 추대되었다.

황에스터 등 20여 명의 여성 지도자들과 함께 결성된 대한민국애국부인회는 전국적인 항일 여성조직으로 커 나갔다. 전국 15개 지역에 지부를 설치하고 2천여 명의 회원을 확보했다. 독립운동자금을 모아 그 해 11월까지 군자금 6천여 원을 상하이임시정부에 전달했다. 그러던 중 대한애국부인회 한 간부의 배신으로 11월 28일 회원 52명이 체포되어 취조를 받고 김마리아 등 9명은 기소되어 1~3년형을 선고 받았다.

대구지방법원과 복심법원에서 3년형을 받고 상고했으나 1921년 6월 21일 경성고등법원에서 기각되어 형이 확정됐다. 옥고와 고문으로 사경을 헤매게 되자 외국인 선교사들의 도움으로 1920년 5월 22일 6개월 만에 병 보석으로 출감했다. 출감 후 치료를 받고 요양하다가 변장을 하고 인천으로 탈출, 망명길에 나서 1921년 8월 초 상하이에 도착했다.

건강이 어느 정도 회복되자 김마리아는 난징의 진링대학에서 공부하며 상하이 대한민국애국부인회 간부로 활동했다. 대한민국임시정부의 활동을 보조하는 한편 임시정부 입법기관인 임시의정원에서 황해도 대의원으로 선출됐다. 최초의 여성 대의원이었다.

1923년 상하이에서 열린 국민대표회의에 여성계 대표로 참석했다. 그러나 독립운동 단체 간 알력으로 독립운동이 쉽지 않자 김마리아는 민족지도자로서의 실력을 기르기 위한 공부가 더 필요하다고 생각하고 1923년 7월 11일 미국 유학길에 올랐다.

1924년 9월 미국 미네소타주 파크빌에 있는 파크 대학 문학부에 입학한 김마리아는 2년간의 수업을 마치고, 다시 시카고대학 사회학과에 진학했다. 대학 도서관에 근무하며 학부과정과 연구과정을 마치고 1929년 사회학 석사학위를 받았다.

김마리아는 10여 년간 시카고대 콜롬비아대 뉴욕신학원 등에서 사회학, 교육행정학, 종교교육학을 공부했다. 또한 뜻밖에 미국에서 만난 황에스터, 박인덕 등 옛 대한애국부인회 동지들 8명과 함께 1928년 2월 12일 여성독립운동단체인 근화회(槿花會)를 조직, 회장에 추대됐다. 근화회는 재미동포들의 애국정신을 북돋우고, 민족정신을 고취시키고, 재미 한인사회의 독립운동을 후원했다. 또한, 출판과 강연으로 일제의 악랄한 식민통치를 외국인에게 알렸다.

형기가 만료된 김마리아가 귀국하려 하자 일제는 경성에 들어오지 말 것, 신학만 가르칠 것 등을 조건으로 귀국을 허가했다. 그래서 김마리아는 원산에 있는 마르타 윌슨 여자신학원에서 신학강의만 한다는 조건으로 1933년, 13년의 망명생활을 청산하고 귀국했다. 이후 여생을 기독교 전도사업과 신학 발전에 기여했다.

1934년 장로교 제7대 여자전도회장에 선출돼 제10대까지 연임했다. 김마리아는 종교모임과 강론을 통해 민족의식을 고취하고 신사참배를 거부했다. 일제는 기독교계 학교에 신사참배를 강요하고 이를 교회로까지 확대하기 위해 압력을 행사했다.

1937년, 중일전쟁이 시작되고, 일제는 '국가 총동원법'을 공포하여 조선을 대륙침략의 기지로 삼고 '내선 일체', '황국신민화'를 통한 대대적으로 조선민족말살정책을 펼쳤다. 이 정책은 조선강토의 물적수탈과 조선인의 생명과 인권, 노동력 유인으로 이어졌다. 조선의 청년들은 군인 군속으로 끌려가 침략전쟁의 총알받이나 탄광, 군사기지의 강제노역노동자로 전락했고, 소녀들은 이른바 위안부라는 이름으로 일본군의 성노예가 되었다. 또한 조선의 많은 자산가와 지식인들이 일제의 침략전쟁에 적극 협력하며 친일과 변절의 길을 택했다. 독립과 여성해방운동을 외치던 여성 지도자들도 그 대열에 속속 합류했다.

"이제야 기다리고 기다리던 징병제라는 커다란 감격이 왔다. 반도 여성들도 아름다운 웃음으로 내 아들과 남편을 전장으로 보내자" - 김활란 (1899-1970)

"다른 학교 학생들은 정신대에 지원을 하고 있는데 우리 학교에 그런 용기 있는 학생이 한 사람도 없다는 사실은 슬픈 일이다." - 황신덕 (1889-1983)

"지금은 우리 1500만 여성이 당당한 황국 여성으로서 천황 폐하께 충성을 다할 천재일우의 시기입니다." - 박인덕 (1896-1980)

이러한 변절의 소용돌이 속에서도 김마리아는 독립을 위한 길을 굽히지 않았다. 1938년 조선예수교장로회 총회는 신사참배를 결의하고 각 교파 목회자들까지 신사참배에 나섰다. 그러나 김마리아가 이끄는 여자전도회는 공식적 모임을 회피해가면서 신사참배를 거부했다. 이렇게 지속적으로 항일투쟁을 이어나가던 김마리아는 고문후유증이 재발, 평양기독병원에 입원치료를 받던 중 조국광복을 눈앞에 둔 1944년 3월 13일 52세의 나이로 사망했다. 그가 남긴 유품은 낡고 초라한 수저 한 벌과 그녀의 처절한 삶을 가려줬던 저고리뿐이다. 앞섶의 길이가 다른 저고리는 일제의 탄압과 고문이 얼마나 악랄했는지 잘 설명해주고 있다.

독립운동과 여권신장에 헌신하고 수저 한 벌로 생애 마쳐

여성교육이 전무했던 시절, 일본과 미국에서 공부한 엘리트, 대한 독립과 결혼했다며 평생 독신으로 독립운동과 민족교육, 여권신장을 위해 헌신한 김마리아. 그가 바로 2.8 독립운동에 적극적으로 참여하고, 귀국하여 전국 각지를 돌며 거국적인 독립운동의 필요성을 호소하여 3.1운동을 촉발시킨 장본인이다.

마음만 먹으면 변절자들처럼 얼마든지 편안한 삶을 살 수 있었던 김마리아. 그런 삶을 마다하고 체포와 투옥과 고문으로 만신창이가 된 영육으로 여성의 지위신장과 대한독립운동에 몸 바쳤던 김마리아. 안창호가 "김마리아 같은 여성동지가 열 명만 있었던들 대한은 독립됐을 것이다"라고 극찬했던 김마리아.

그녀에게 대한민국정부는 1962년에야 건국훈장 독립장을 추서했다. 1989년에는 서울 보라매공원에 그의 동상이 건립됐고, 2004년에는 독립기념관에 “우리는 우리의 노력으로 성취될 때까지 우리 자신의 다리로 서야 하고 우리 자신의 투지로 싸워야 합니다. 그렇게 하기 위해서 우리는 진정한 지도력이 필요합니다."라는 그녀의 어록비가 세워졌다.

2019년은 3.1운동 100주년이 된다. 김마리아를 비롯해 여성이라는 이유로 제대로 조명 받지 못했던 여성 독립운동가들, 잊혔던 여성 독립 운동가들에게 감사와 함께 애국정신을 이어받자.

최봉호

〈현〉 애국지사기념사업회(캐나다) 총무이사. 한국 및 캐나다 동포 언론사에서 편집인, 주필, 논설 자문위원 등을 역임하고 칼럼이스트로 활동, 한국신시학회 등 6개 협회의 회원으로 시인의 집, 백지문확회(캐나다) 외 3개의 동아리에서 동인으로 활동했음. 전국문예경연대회 장원 외 6개 문학상 수상, 시집으로 「빈 잔에 떠도는 손짓 하나」, 「이민일기」, 「그리운 나의 도둑고양이」등이 있고, 공저로 한국의 대표 서정시인 17인집 「단 둘이 숲이 되고 바람이 되어」, 「얼음 비 온 다음 날」, 「애국지사들의 이야기 1」 와가 있음. 경기도 김포 출생, / 623 - 35 Park Home Ave North York Ontario M2N 5W4 Canada / bong3660@gmail.com (416) 333-3660

- 이승만 전 대통령이 '성재 어른'이라 불렀던 이시영 선생
- 극명하게 엇갈리는 이승만 전 대통령의 공과(功過)

독립 운동하다가 일제에 희생된 형제들 회상하며 울컥 뜨거운 눈물을 흘리는 이시영 선생

이시영 선생

이시영(李始榮, 1868년 12월 3일 한성부 ~ 1953년 4월 17일)은 조선, 대한제국의 관료이자 대한민국의 독립운동가이며 교육자, 정치인이다. 1885년 사마시(司馬試)에 급제하고 여러 벼슬을 거쳐 1891년 증광문과(增廣文科)에 병과(丙科)로 급제, 부승지, 우승지(右承旨)에 올라 내의원 부제조, 상의원 부제조 등을 지냈다. 한일병합조약체결 이후 독립운동에 투신, 일가족 40인과 함께 만주로 망명했다.

1919년 4월 대한민국 임시정부수립에 참여하였고, 1919년 9월 통합 임정수립 이후 김구, 이동녕 등과 함께 임시정부를 수호하는 역할을 했다. 광복 이후 귀국, 우익 정치인으로 활동하며 임정요인이 단정론과 단정반대론으로 나뉘었을 때는 단정론에 참여했다. 1948년 7월 24일부터 1951년 5월 9일까지 대한민국의 제1대 부통령을 역임하고, 대한민국 제2대 대통령선거에 민주국민당 후보로 입후보하였으나 낙선했다.

– 건국공로훈장 대한민국장

》》

(이승만이 조선 멸망 전까지 선생의 일가가 살던 집 주변인 서울특별시 중구 저동 13번지 주변의 땅 2만평을 주겠다고 하자) "내 집 찾으려 만주를 돌며 독립운동을 한 것이 아니다." 라고 일언지하에 거절

– 이시영 선생

이승만 전 대통령이 '성재 어른'이라 불렀던 이시영 선생

형제들과 전 재산, 독립운동에 바치는 등 노블레스 오블리주 실천

최봉호

이승만 전 대통령이 자신에게 직언하는 사람을 싫어했다는 것은 잘 알려진 사실이다. 그래서 그의 앞에서 5분 이상 발언할 수 있는 인물은 극히 제한적이었다. 상대가 말을 시작하면 이승만은 1~2분도 안 돼 입을 다물라는 뜻으로 자기 손을 상대방의 입에 갖다 댔다. 자연히 주변에는 벙어리 아첨배들만 득실거릴 수밖에 없었다.

그러나 성재 이시영 선생한테는 예외였다. 이승만은 선생을 "성재 어른", "성재 형님"이라 부르며 깍듯이 대했다. 이 같은 예의는 초대 부통령으로 재직할 때나 사퇴 후에도 변함이 없었다. 이는 자신과는 비교도 안 될 만큼 탁월한 선생의 인품과 명망가 출신답지 않게 노블레스 오블리주를 실천한 주인공이었기 때문이었으리라.

이승만과는 반대로 선생은 어떤 직언이나 제안도 가리지 않고, 자신을 내 세우지 않고 귀를 기울여 경청했다. 부통령을 지냈음에도 사치하지 않았고 늘 근검 절약한 생활을 했다. 그래서 선생의 주변으로 많은 사람들이 모여들었다. 그러다 보니 대통령으로 절대권력을 행사하던 이승만도 선생에게는 각별한 예의를 갖출 수밖에 없었던 것이리라.

이시영(李始榮, 1869. 12. 3~1953. 4. 17)선생은 경주 이씨로 서울 저동에서 태어났다. 선생의 자는 성옹(聖翁)이고, 호는 성재(省齋) 혹은 시림산인(始林山人)이다. 선생은 명재상으로 이름 높았던 오성과 한음의 주인공인 백사 이항복의 11대손으로 서울에서도 대표적인 명가 출신이다. 게다가 부친은 우찬성 · 이조판서 유승(裕承)이며, 어머니는 동래 정씨(東萊鄭氏)로 이조판서 순조(順朝)의 딸이다. 이렇게 선생은 당대에도 명성을 고스란히 간직한 집안에서 태어났다.

선생은 건영(健榮) · 석영(石榮) · 철영(哲榮) · 회영(會榮) · 시영 · 소영(韶榮) · 호영(頀榮) 등 7형제 가운데 다섯째로 태어났다. 첫 부인으로 영의정 김홍집(金弘集)의 딸을 맞았으나 사별하고, 반남 박씨를 둘째 부인으로 맞았다.

이와 같이 선생은 조상 대대로 대소관료를 배출한 삼한갑족(三韓甲族)[1]이라 불리는 명문가의 후손이다. 그런데 일제에 국권을 빼앗긴 뒤, 재산과 영달을 포기하고 형제들과 함께 전 재산과 목숨을 바쳐 독립운동에 투신했다. 선생은 왜 모든 기득권을 포기하고 험난한 삶을 선택해야만 했을까?

선생은 만 16세에 진사(1885년, 고종 22)가 되고 동몽교관을 시작으로, 18세에 형조좌랑, 만 22세(1891년)에 증광문과에 급제 홍문관교리, 승정원 부승지, 궁내부수석참의 등을 차례로 역임했다. 10대 후반부터 20대 전반 사이에 주로 궁궐 안의 중책을 맡았던 것이다. 그러다가 1895년 관직에서 물러난 후 10년 동안 자신을 가꾸는 일에 전념했다. 특히 중형인 회영을 비롯해 이상설 등과 같은 인사들

1) 삼한갑족(三韓甲族)이란 신라, 고려, 조선 3조에 걸쳐 대대로 문벌이 높은 집안을 가리킨다. 그래서 우리나라 역사 전(全) 시대에 걸쳐 학문(學問) 및 관위(官位)에서 드러난 조상을 둔 집안이 아니면 감히 삼한의 갑족, 벌족(閥族)이라는 말을 쓸 수가 없다.

과 교우하면서 근대학문의 탐구에 몰두했다.

1905년, 선생은 외부 교섭국장에 임명되었다. 10년 만에 다시 관직에 오른 것이다. 그런데 선생께서 교섭국장 자리에 오르자마자 엄청난 일이 벌어졌다.

러일전쟁이 일본의 승리로 끝나자 일본은 일명 을사보호조약이라는 것을 강요하고 있었다. 선생은 이 치욕적인 조약을 어떻게든 막아야 한다고 작정했다. 당시 외교를 담당한 외부대신은 을사5적 중 한 명인 박제순이었고, 실무 담당인 교섭국장은 성재 이시영 선생이었다. 그래서 외부대신 박제순에게 일본의 요구를 절대로 받아주지 말 것을 강력하게 요구했다. 그러나 조약체결은 실무책임자인 선생을 완전히 배제시킨 채 일제와 결탁한 외부대신 박제순을 포함한 을사5적의 주도로 이루어졌다.

"쳐 죽일 역적 놈들 같으니라고, 오늘부터 역적 박제순의 집안과는 모든 관계를 단절한다."

선생의 비분강개는 하늘을 찌를 듯했다. 10년 만에 관직에 나아갔던 선생이었지만 미련 없이 교섭국장직을 사임했다. 뿐만 아니라 박제순 집안과 절교를 선언했다.

당시 선생의 조카와 박제순의 딸은 약혼한 사이었다. 그런데 을사조약체결에 박제순이 앞장서서 동의하자 선생은 즉각 혼약을 파기하고 박제순 집안과 절교를 선언한 것이다.

1906년 선생은 37세의 나이로 평안남도 관찰사에 다시 등용되었다. 당시 평안남도가 얼마나 중시되던 지역이었는지를 고려하면 선생에 대한 고종황제의 신망이 얼마만큼 남달랐는지 알 수 있다.

현지에 부임한 선생은 근대학교 설립 및 구국계몽운동 확산에 힘을 쏟았다. 그러다가 다음 해인 1907년에 중추원 칙임의관(勅任議官), 1908년에는 한성재판소장·법부 민사국장·고등법원판사 등 법부의 주요직책을 두루 역임했다. 이 모든 관직이 선생의 나이 만 40세가 되기 이전이었으니, 선생의 능력을 짐작하고도 남음이 있다.

선생이 관직생활만 하고 있었던 것은 아니었다. 1907년 중형인 이회영을 비롯하여 안창호(安昌浩)·전덕기(全德基)·이동녕(李東寧) 등과 함께 비밀결사조직인 신민회를 조직하고 국권회복운동에 나섰다. 선생께서 나라를 잃자마자 해외에 독립군기지를 건설하려는 계획에 동참한 것이 급작스럽게 이루어진 것이 아님을 말해준다.

신민회 지도자들은 현실이 계몽운동만으로 독립을 찾을 수 없다고 인식했다. 그래서 계몽운동에 의병항쟁의 방략을 도입했다. 1900년대에 의병항쟁이 시대에 적합하지 않은 방략이라 부정적으로 바라보던 계몽운동가들도 신민회 그룹의 항쟁방략을 긍정적으로 받아들이기 시작했다.

신민회의 방략은 의병처럼 준비되지 않은 전투가 아니라, 본격적인 독립전쟁을 밀고 나가기 위한 군사력양성을 도모하는 방향으로 틀을 잡아나가는 것이었다. 이를 위해서는 독립군기지를 건설하는 것이 가장 적합한 전략이라고 판단, 일제강점에 들기 전부터 만주지역을 조사준비하고 있었다. 그런 사전준비가 있었기 때문에 나라를 잃자마자 즉시 만주로 망명길에 오를 수 있었던 것이다.

6형제, 전 재산 독립운동에 바치는 등 노블레스 오블리주 실천

민족교육기관과 독립군양성에 투자 … 청산리 대첩의 밑거름

이시영 선생의 6형제가 망명을 결심하게 된 동기는 일본 놈들이 판을 치고 있는 국내에서 독립운동을 하는 것은 한계가 있다고 절실하게 느꼈기 때문이다. 그래서 선생의 6형제는 조선 대대로 물려받는 전 재산을 처분하여 만주로 망명 본격적으로 독립운동을 하기로 결심했다.

당시 선생의 가문에서 소유하고 있던 땅은 주로 오늘날 서울 명동지역이다. 그 금싸라기 같은 재산을 급하게 헐값으로 처분한 돈은 40만원 정도였다. 현재가치로 계산하면 600억 원에 달한다. 이 돈을 가지고 선생의 6형제는 60여명의 식솔들과 만주로 집단 망명하기로 했다.

당시 노비들에게 노비문서를 불태워 자유를 주었다. 그런데 그 중에서 몇몇 노비들은 6형제와 함께 만주로 떠났다. 자유를 포기하고 만주에 가서 독립운동에 함께 참여할 만큼 6형제의 인품이 얼마나 대단했는지 느낄 수 있는 대목이다.

망명, 말이 쉽지 망명이란 것이 얼마나 어려운 결단인지 선생의 삶을 살펴보면 짐작이 간다. 가진 것을 모두 포기하고 떠난 길이 망명이다. 선생의 입장에선 눈 질끈 감고 일제와 적당하게 타협하고 살면 조상 대대로 누려온 권리와 명예와 부를 고스란히 누릴 수도 있다. 그럼에도 불구하고 선생은 형제들과 나라의 독립을 위해 모든 것을 포기하고 떠났다. 가는 길도 험했지만, 돌아오는 길도 험난했다. 더구나 대가족을 동반하고 망명길에 오른 경우는 사정이 더욱 복잡다단해진다. 특히 명문거족이나 권문세가 출신인 경우 더욱 그렇다. 그런데도 선생의 형제 일가 60여명이 만주로 집단 망명했다. 1910년도 말, 국가적인 치욕과 망국의 소용돌이가 한반도를 휩싸고 돌던 구한말, 당시 조선 최고의 명문거족 한 집안이 가산을 모두 정리하여 서간도(西間島)로 떠난 것이다.

그들이 정착한 곳은 유하현 삼원보 추가가(柳河縣 三源堡 鄒家街)였다. 일행이 도착한 직후인 1911년 4월에 그곳 대고산(大孤山)에서 노천군중대회를 개최하여 교육진흥 및 독립군양성을 표방한 경학사(耕學社)와 신흥강습소(新興講習所)를 설립했다. 전자는 동포사회의 자치기관이고, 후자는 인력양성기관이다.

독립전쟁을 하자면 군대가 필요하고, 또 그것을 조직하고 운영하자면 인력과 재력이 필요했다. 우선 동포사회를 구성하여 인적자원을 확보하고, 근거지를 마련하여 정착지를 갖춰야 했다. 경학사는 곧 동포사회의 형성과 운영을 이끌어 가는 데 목표를 두었고, 신흥강습소는 인력, 특히 군사력을 양성하는 데 목표를 둔 기관이었다.

경학사의 기능은 부민단과 한족회로 계승 · 발전되어 갔고, 신흥강습소는 신흥중학교와 신흥무관학교로 발전되어 독립군기지를 형성하는 데 중요한 디딤돌이 되었다. 당시 경학사 초대사장에는 이상룡(李相龍)이, 신흥강습소 초대교장에는 이동녕이 추대되었지만, 이시영 형제들도 모두 이 사업에 참가하면서 국내에서 마련해간 재산을 쏟아 부었다. 이들의 활동에는 머지않은 장래에 러일전쟁이나 중일전쟁이 일어나리라는 예상이 바탕에 깔려 있었다. 선생도 참가한 독립군기지 건설이 허망한 사업이 아니었음이 증명되었다.

바로 1920년의 청산리대첩이 그 사업의 필요성을 확인시켜주었다. 그 날의 승리가 결코 우연한 것이 아니라, 선생의 6형제가 국내에서 누리던 온갖 특권을 버리고 죽음을 무릅쓰고 망명길에 올랐던 이유와 그곳에서의 피눈물 흘린 노력이 하나의 결실로 나타난 것이다.

신흥무관학교는 이론, 병법, 전술 등을 교육시켰다. 1920년 8월까지 3,500여 명의 간부를 배출해서 청산리 전투의 주축을 이루는 등, 1910년대 서간도 지역 독립군양성의 본산이었다.

국내에 잠입해 활동하다 체포돼 복역

신흥무관학교에서 독립운동에 가담할 청년들에게 군사훈련을 가르친다는 사실이 알려지자 일본경찰, 정보원의 감시가 심해졌다. 당시 일본 대판(大阪)에서 발행되던 매일신보는 "이시영(李始榮)은 만주의 무관왕(無冠王)이오, 만주 일대의 살인강도 두령(頭領)"이라고 표현 했을 만큼 일본 전체가 선생을 크게 주목 신변의 위협을 느끼게 되었다.

그 후 얼마 지나지 않아 일본군대가 습격하여 무차별 학살과 방화, 약탈을 자행 참상이 말로 표현할 수 없을 정도였다. 그래서 선생은 1913년 베이징(北京)의 위안스카이(元世凱)를 만나 한국인들의 보호를 요청, 승낙을 얻어냈다. 또한 같은 해 9월에는 원세개와

한 · 중 연합전선을 결성하려고 했다. 그러나 이 시도는 원세개가 사망하는 바람에 중단되고 말았다.

1914년에는 베이징으로 망명해 상해 등지를 다니며 항일무력 봉기를 기도하였다. 그러다가 국내에 잠입하여 활약하던 중 애국단 사건으로 대구에서 체포되어 복역하다가 출감했다.

이후 북경으로 이주한 선생은 1919년 이동녕 · 조성환 · 조완구 등과 함께 3.1 만세 운동의 준비작입을 전개했다. 3.1 운동 직전에는 베이징에 체류하며 이동녕 · 조완구 등과 함께 본국과의 연락 활동을 하였다. 1919년경에는 상하이로 가서 그곳에 자리를 잡고 임시정부 수립에 참여했다.

1919년 3월 임시의정원의 출범 참여에 이어, 4월 출범한 상하이 임시정부의 법무총장, 1919년 9월 통합임시정부 출범 후에는 최재형의 뒤를 이어 임정 재무총장에 임명됐다. 1926년까지 임시정부의 재무총장직을 맡아 자금조달에 전력을 경주했다. 그 뒤 감찰위원장을 지냈다.

임시 정부는 1921년부터 임시정부의 존폐여부를 놓고 고수파[2]와, 창조파, 개조파로 나뉘었다. 선생은 이때 김구, 이동녕 등과 함께 임정 고수파의 입장에 섰다. 1922년 10월 김구, 이유필, 여운형 등과 한국노병회(韓國勞兵會)[3] 결성에 참여, 노병회 회원이 되었다.

---

2) 고수파는 임정을 그대로 고수하자는 주장이고, 창조파는 임정을 해체하고 새로 창설하자는 주장이며 개조파는 기존의 임정 틀은 유지하고 개조하자는 주장이다.

3) 한국노병회(韓國勞兵會)는 1922년 중국 상하이(上海)에서 군인 양성·한국 독립군 사기진작 및 독립군 자금조달을 목적으로 결성된 일제강점기 한국의 항일독립운동단체를 말한다.

가난과 시련 속의 임정 마지막 보루

1929년 창당한 한국독립당의 감찰위원장에 선출됐다. 1931년 4월부터 1932년 윤봉길의 홍구공원 의거가 있기 전에 선생은 미리 항주에 가서 임정요인들의 피신처를 마련했다. 이후 일경의 감시를 피해 임시정부 요인들이 흩어졌을 때, 일부 임정요인들은 선생을 따라 항저우로 은신할 수 있었다.

1933년 임시 정부를 개조하고 직제개정으로 각주제도를 윤번제로도 고칠 때 선생은 다시 국무위원 겸 법무위원에 임명됐다. 1934년 《감시만어》(感時漫語)[4]를 저술 출판하여 독립정신을 고취시켰다. 1935년 중일 전쟁으로 임시정부가 쓰촨성 충칭으로 이전한 뒤에도 선생께서는 계속해서 임시정부를 중심으로 활동했다.

1935년에는 다시 좌우합작운동이 대두되고 김원봉, 김규식을 중심으로 조선민족혁명당이 결성, 임시정부와 한국독립당 이탈파가 생기면서 임시정부는 해체 위기에 처해졌다. 선생은 임시정부 해체를 막기 위해 임정의 여당인으로서 한국국민당을 결성・조직하는데 참여, 김구와 함께 국민당창당을 주관했다.

한국국민당이 창당되자 선생은 조성환・양우조 등과 함께 국민

---

4) 감시만어(感時漫語)는 모두 23개의 장으로 구성되었다. 서언에서 중국 황염배의 사관을 비판한 뒤 본론으로 21개의 장을 두고, 마지막 장을 결론으로 삼았다. 주요 구성내용은 단군과 요(堯)가 병립한 사실과 배달민족의 기원을 통해 한국역사의 시원이 중국의 그것과 마찬가지임을 밝혀 민족주체성을 강조했다. 그리고 11가지의 잘못된 역사인식을 하나씩 짚어나갔다. 또 한, 중 두 나라가 일본에게 당한 수모를 기록한 뒤, 한, 중 양국의 관혼상제와 근대정치를 비교하고 한말 일본공사의 만행을 규탄했다. 마지막 부분에서 한중 양국인의 결함과 세계에서 나라 잃은 국민의 결함을 썼다. 결론부분에서 철저한 민족주의적 역사인식을 표명한 뒤, 양국의 인사들이 실패한 과거를 징계하고 장래에 그런 일이 되풀이되지 않도록 생사일선(生死一線)에 선 같은 처지에서 서로 협조해야 한다고 결론지었다.

당 감사에 선출되었다. 1935년 10월 새 내각을 조직할 때 대한민국 임시정부 국무위원 겸 법무부장에 선출됐다. 동시에 임시의정원에서 경기도 지역구 의원으로 선출되어 국무위원 겸 법무부장직과 의정원 의원직을 겸직했다.

이후 임시정부가 진강에서 창사, 광저우, 유주, 기강 등으로 이주할 때 선생도 함께 이동했다. 1940년 의정원 의원에 재 선출되어 활동했고, 1940년 9월 김구 내각이 조각되자 임정 국무위원에 재선되었다. 1942년 10월 다시 임시정부 국무위원을 선출할 때 임정 국무위원 겸 재무부장에 임명되어 임정의 어려운 재정문제를 해결해 나갔다. 1942년 10월 임시의정원의 제3과(재정 미예결산) 분과위원에 선출되어 역시 의정원 재정분야를 담당했다. 조소앙 등과 기초한 10개조의 대한민국임시헌장을 기초하기도 했다.

10월 11일 중경방송빌딩에서 조직된 한중문화협회 창립에 참가, 창립발기인이 되었다. 1944년 4월 임정 감찰위원장에 임명되었고, 같은 해 8월 29일자 《독립신문》 8월 제3호에 시림산인(始林山人)이란 필명으로 칼럼 '담망국노얼'(談亡國奴孽)[5]을 기고했다. '담망국노얼'에서 선생은 한일합방의 주역인 이완용, 송병준, 이용구 등을 규탄, 이들의 행적을 기록하고 1910년 8월 22일에 기초되고 8월 29일에 발표된 한일 병합조약 조약문을 제시하기도 했다.

---

5) 담망국노얼(談亡國奴孽)은 선생께서 망국 당시 나라를 팔아먹은 이완용, 송병준, 이용구 등 망국 원흉들의 매국행적을 기록한 것으로 후손들에게 참고가 될 것 같다면서 1910년 8월 22일에 기초되고 8월 29일에 선포된 이른바 [한일합병조약]을 제시했다

광복과 귀국 후의 정치활동

환국… 일제에 숨져간 형제들 회상하며 뜨거운 눈물…

해방 후인 1945년 11월 23일, 선생은 임시정부 요인 제1진의 한 사람으로 중경을 출발 상해를 거쳐 환국했다. 환국 길에 오른 선생은 형제들을 생각하며 뜨거운 눈물을 하염없이 흘렸다.

서두에서 언급한 바와 같이 선생의 6형제는 조선의 명재상인 백사 이항복의 11대손으로 삼한갑족(三韓甲族)이라 불리는 명문가의 출신이다. 그런데 을사늑약 체결 후 항일 비밀결사인 신민회조직에 참여하고, 헤이그 특사파견 등 국외항일운동 전반에 관여했다. 한일강제합병으로 나라가 망하자 6형제는 현재 시가로 2조원 상당의 재산을 처분해 1910년 12월, 혹한에 60여명의 가족을 이끌고 서간도로 집단 망명했다. 그곳에서 신흥무관학교를 건설하고, 무장독립운동의 씨앗을 뿌렸다. 신흥무관학교는 1911년부터 10년간 3천 500여명의 졸업생을 배출했고, 이 졸업생들은 봉오동전투와 청산리전투에서 혁혁한 전과를 올렸다. 이와 같이 역사상 전례가 드문 선생 일가의 숭고한 독립투쟁은 지배층이 그에 걸맞은 사회적. 도덕적 책무를 외면하고 있는 이 시대의 노블레스 오블리주의 귀감으로 부각되고 있다. 하지만, 국내에서 안락한 삶을 마다하고 이역 땅에서 재산과 명예와 목숨까지 내 놓았던 선생의 가족사는 처절하기만 하다. 선생의 형제는 물론 그들의 자제들도 대부분 독립운동에 투신했다. 그들 중 대부분이 비참한 최후를 맞았다.

6형제 중 첫째인 이건영(李建榮, 1853~1930)은 서울에서 출생하여

1888년 과거에 합격했다. 1891년 익위사(翊衛司) 좌익위(左翊衛)로 일하다 1905년 정3품 통정대부(通政大夫)에 올랐다. 1910년 이주 전까지 개성에서 농사를 짓다 1911년 형제들과 함께 서간도로 망명하여 경학사와 신흥강습소를 세웠다.

1926년 장남으로 선산을 돌보기 위해 국내로 귀국하였다가 1930년 순국하여 선산에 묻혔다. 1999년 건국훈장 애족장에 추서됐다.

건영의 둘째 아들 이규연(1893~1930)은 신흥학교를 졸업한 뒤 상해에서 독립운동을 하다가 병사했다. 셋째 아들 이규훈(1896~1950)은 만주에서 독립운동을 한 뒤 귀국, 국군 공군대위로 복무 중 한국전쟁 때 실종됐다.

6형제 중 가장 많은 재산을 보유했던 둘째 이석영(李石榮, 1855~1934)은 서울에서 출생하여 1885년 의정부 영의정을 지낸 이유원의 양자가 되어 막대한 재산을 상속받았고 과거에 합격했다. 1903년 장례원(掌禮院) 소경(少卿)으로 일하다 1905년 종2품 가선대부(嘉善大夫)에 올랐다. 1911년 형제들과 함께 서간도로 망명하여 경학사와 신흥강습소를 세웠다. 1912년 하니허(哈泥河)로 신흥강습소 이전 당시 자금 대부분을 담당했다. 1913년 마적대의 습격으로 납치되었다가 풀려나고, 독립운동자금으로 재산을 다 쓴 이후 중국 빈민가를 떠돌아다니다가 상해에서 굶어 죽어 홍차오루(虹차路) 공동묘지에 묻혔다. 1991년 건국훈장에 추서됐다.

석영의 장남 이규준(1899~1927)은 밀정 김달하와 박용만을 암살하고 한구(漢口)에서 독립운동을 하다가 20대 나이로 병사했다. 애족장에 추서됐다.

신흥학교 교장을 맡아 일했던 셋째 이철영(1863~1925)은 서울에서 출생하여 1895년 현능원(顯陵園) 참봉(參奉)으로 일하다 1911년 형제들과 함께 서간도로 망명하여 경학사와 신흥강습소를 세웠다. 1914년 신흥학교 교장, 1917년 동성한족생계회 부회장을 역임했다. 1925년 중국을 떠돌다 풍토병으로 순국하여 유해가 장단 선산에 묻혔다. 1991년 건국훈장 애국장에 추서됐다.

넷째인 이회영(1867~1932)은 서울에서 출생하여 1901년 개성부 풍덕일대에서삼포농장(蔘圃農場)을 경영하면서 그 수익금을 항일의병들의 자금으로 사용했다. 1902년 탁지부(度支部) 주사(主事)에 임명되었고, 1904년 상동교회 공옥학교 학감을 지냈다.

이회영은 을사늑약 이후 국권이 상실될 것을 예견하고 해외에 군사와 교육을 담당할 광복기지를 건설하기 위한 계획을 세우고 1906년 이상설, 이준, 이동녕 등과 함께 북간도의 용정촌에 서전서숙을 설립했다.

을사늑약으로 일본에게 외교권이 박탈당하고 국권병탄이 사실화되자 이회영은 해외에 광복기지를 건설계획을 준비하는 등 분주하게 활동했다. 특히 고종황제퇴위의 발단이 된 헤이그밀사 사건은 이회영이 기획한 것으로 을사늑약의 불법적이고 불평등한 조약임을 세계만방에 알려 을사늑약을 파기하고자 한데서 비롯됐다. 비록 헤이그 특사사건이 실패로 끝났지만 동방의 작은 나라 대한을 세계에 알린 점과 항일광복운동의 시작을 열었던 점에 그 의의를 둘 수 있다.

1907년 신민회 조직에 참여했고, 1911년 44세 나이로 형제들을 설득 함께 만주로 망명한 뒤 경학사와 신흥무관학교를 설립, 1919

년 대한민국임시정부 조직에 참여, 1924년 재중국조선무정부주의자연맹을 결성했다. 1931년 남화한인연맹을 결성하고 흑색공포단을 조직, 1932년 무등(武藤) 관동관사령관 암살과 한.중.일 아나키스트들의 공동유격대 결성 등을 위해 만주로 가던 중 대련(大連)에서 일본수상경찰에 붙잡혀 고문치사 당했다. 유해는 장단 선산에 묻혔다. 건국훈장 독립장에 추서됐다.

회영의 장남 규창圭昌은 친일파암살 사건으로 경찰에 체포 당해, 13년간의 징역을 살다가 광복 뒤 석방됐다. 애국장에 추서됐고, 2남 규학도 애족장에 추서되다.

여섯째 이호영(1885~1933)은 서울에서 6형제 중 막내로 출생, 1911년 형제들과 함께 서간도로 망명하여 경학사와 신흥강습소를 세웠다. 1918년 신흥학교에서 재무를 담당, 1925년 북경에서 밀정색출에 앞장서는 다물단 단원으로 밀정 김달하를 처단했다.

1933년, 장남 이규황(1912~1933), 차남 이규준(1914~1933) 등 가족들과 함께 실종됐다. 왜적들에 잡혀 몰살당한 것으로 추정하고 있다. 2012년 6형제 중 가장 늦게 건국훈장 애족장에 추서됐다.

이승만 독재에 맞선 초대부통령

고국으로 돌아오자마자 선생은 세 가지 일에 힘을 쏟았다. 첫째는 정치활동으로서 대한독립촉성국민회(大韓獨立促成國民會) 위원장으로 활약한 것이다. 둘째는 종교활동으로서 성균관총재를 맡은 것과 대종교(大倧教) 활동에 진력했다. 특히 대종교의 사교교질(司教

教秩)·원로원장·사교(司教)·도형(道兄) 등의 주요직책을 역임하였다. 셋째로 교육운동에 앞장섰다.

환국 직후부터 신흥무관학교 부활위원회를 조직하여 신흥무관학교의 건학이념 계승과 인재양성에 착수하여 1947년 2월 재단법인 성재학원(省齋學園)을 설립했다. 또한, 신흥전문학관(新興專門學館)으로 발전시켜 1·2회 졸업생을 배출하였다. 그러다가 전쟁이 일어나는 바람에 일시 침체국면에 처하기도 했으나, 그것이 오늘날의 경희대학교로 계승되었다.

귀국한 지 2년 가까이 지나면서 선생은 정치적 변신을 도모했다. 우선 1947년 9월 공직사퇴 성명을 발표하고, 임시정부 국무위원직을 사퇴했다.

다음해인 1948년 7월 20일 제헌국회에서 실시된 정·부통령선거에서 대한민국 초대부통령에 당선되었다. 6.25전쟁 발발 후인 1951년, 선생은 전시수도 부산에서 국민방위군[6] 실태를 직접 목도하고 제1공화국 정부에 대한 깊은 실망감에 빠졌다. 그래서 같은 해 5월 9일 이승만 대통령의 독재에 맞서 우리나라의 민주주의 정통을 지키고자 부통령직 사임서를 제출함과 동시에 국정혼란과 사회부패상에 대한 책임을 통감한다는 요지의 〈대국민 성명서〉를

---

6) 국민방위군 사건(國民防衛軍 事件) : 국민방위군은 한국전쟁 중 중공군 및 조선인민군에 대항하고자 편성된 제2국민병이다. 서울에서만 50만 명에 달하는 장정들이 소집됐다. 병력을 모으긴 했으나, 중공군의 대공세로 또다시 서울을 빼앗기게 되자 이승만 정부는 장병들을 대구·부산 등으로 이동할 것을 지시했다.
문제는 이들에게 식량과 겨울 피복 등 일체의 보급이 지급되지 않았다는 사실이다. 그런 상황에서 이동명령을 받은 방위군은 혹독한 겨울 추위 속을 굶주린 채 참혹한 죽음의 행렬을 해야만 했다. 그러다가 약 12만 여명이 아사, 병사, 동사했다. 약 20만 여명은 동상으로 인해 손가락과 발가락 뿐만아니라 손과 발까지 절단 났던 사건을 말한다.
이 사건의 진상이 규명되는 과정에서 이승만 정권이 "불순분자와 제5열의 책동"이라며 노골적으로 방해공작을 자행하는 것을 알게 된 이시영 부통령은 물론이고, 야당 내에서 이승만에게 호의적이었던 한민당과 민국당계 인사 조병옥, 윤보선, 김성수 등도 등을 돌려버렸다. 이 사건을 계기로 군 입대 기피현상 증가했고, 이승만 내각의 신뢰도는 급격히 실추해 버렸다.

발표했다. 부통령직에서 하야한 선생은 정계은퇴를 생각하고 있었다.

정계은퇴 번복과 대통령 후보 출마

1952년 5월 제2대 대통령 선거가 있었다. 조봉암이 원로들 의중을 떠보니 신익희도 이시영도 출마하지 않겠다는 반응이었다. 그러나 조봉암은 야망이 있었고 이승만 혼자 나오게 해서는 안 된다고 생각했다. 조봉암은 선생에게 대통령 출마의향을 물었다. 선생은 사양하면서 오히려 조봉암에게 출마를 권했다. 조봉암은 민중을 위한 후보가 없으므로 자신이 나서겠다고 선언했다. 그러자 놀란 것이 조봉암과 숙적이었던 민국당이었다. 조봉암이 야당을 대표하게 해서는 안 된다고 생각한 민국당 측은 선생을 출마하도록 했다. 김규식 영입에 실패한 경험이 있었던 민국당은 끊임없이 선생에게 출마를 권유하였다. 선생께서는 처음에 덕이 부족함을 이유로 들어 사양했으나 거듭된 요청에 대통령 후보로 출마하고 유세에 들어갔다.

공약으로 '특권정치의 부인', '독점경제 타파', '책임정치의 실시'를 내걸었다. 그러나 결과는 이승만에 밀려 2위로 낙선했다.

같은 해 6월 20일 이승만 정부측에서 발표한 대통령 직선제 개헌안이 부결되자 정부는 '국회 해산과, 반(反) 민의(民意) 국회의원들을 소환하겠다.' 고 위협했다 국회가 내각제 개헌안으로 맞서자 이승만 정부는 백골단, 땃벌떼 등을 동원해 국회의원들을 위협했다. 이에 선생은 장면, 김성수 등 81명과 함께 부산의 국제구락부에 모여 반독재 구국선언을 시도하였으나 실패하고 말았다.

노환으로 별세

이후 선생은 경상남도 동래로 은퇴해 있다가, 1953년 4월초, 감기와 가벼운 부상 등으로 병석에 누워있게 되었다. 그러다가 1953년 4월 17일 오전 1시 50분쯤 부산 동래 임시 거처에서 "완전 통일의 그날을 못보고 눈감으니 통한스럽다."는 유언을 남기고, 노환으로 별세했다. 사인에 관련해서는 부산 피난지에서 아들 이규열을 잃고 충격으로 사망했다는 주장도 있다.

사망 직후 국장이 검토되었으나 4월 24일 동래 동래원예중학교 교정에서 국민장으로 거행했다. 휴전 이후에 국민장으로 서울 정릉(貞陵) 남쪽에 묻혔다가 1964년 서울특별시 수유리 북한신 기슭으로 이장 되었다

2009년, 선생의 후손들이 삭은 연금으로 선생의 묘소 앞 움막에서 어렵게 생활하고 있다는 사실이 언론에 밝혀져 만감을 교차시켰다. 1949년 건국공로훈장 중장(重章, 건국공로훈장 대한민국장으로 변경)을 추서됐다.

삼한갑족(三韓甲族)이라 불리던 명문가의 후손으로서 '노블레스 오블리주'를 몸소 실천한 성재 이시영 선생과 그의 일가, 그들은 일제에 국권을 빼앗긴 뒤, 재산과 영달을 포기하고 전 재산과 목숨을 바쳐 독립운동에 투신했다. 광복 후 혼자 고국으로 돌아 온 선

생은 '특권정치의 부인', '독점경제 타파', '책임정치의 실시'를 위해 고군분투했으나 특정인들의 방해로 실패하고 말았다.

이승만은 선생 생전에 조선 멸망 전까지 선생의 일가가 살던 집 주변인 서울특별시 중구 저동 13번지 주변의 땅 2만평을 주려 했다. 그러나 선생은 "내 집 찾으려 만주를 돌며 독립운동을 한 것이 아니다."라고 일언지하에 거절했다. 또한 이승만이 선생에게 서울역과 염천교 주변에 있는 한때 코트라가 입주해 있던 자리 건물을 선생의 명의로 임대해주려 했지만 역시 사양했다. 이와 같은 선생의 애국정신을 본 받아야 할 정치인들이 요즘 부쩍 늘어가고 있다. 안타까운 현실이다.

“부모형제들에게 총 뿌리를 대지 말라”고 4.19당시 시위에 나선 초등학생들

이승만 전 대통령

대한민국 1·2·3대 대통령. 해방 전 주로 미국에서 활동했고 광복 후 우익 민주진영 지도자로 1948년 초대 대통령에 당선됐다. 개헌을 거듭하며 4선을 한 후 1960년 4.19혁명이 일어나 사임했다. 하야한 뒤 이화장에 거주하다가 같은 해 5월 미국 하와이로 망명했다. 1965년 7월 14일 향년 90세의 나이로 서거했다. 유해는 7월 23일 고국으로 운구되어 국립묘지에 안장되었다.

– 건국공로훈장 대한민국장

》

"뭉치면 살고 흩어지면 죽는다."(보수의 행동 윤리)

– 이승만

극명하게 엇갈리는 이승만 전 대통령의 공과(功過)

최봉호

다섯 살 때 천자문을 떼었을 만큼 명석했던 이승만

왕족이지만 서계로 몰락한 왕손으로 벼슬길 막혀

어떤 인물의 삶을 사실대로 분석해서 공과(功過)를 비평 기록한 글을 평전이라고 한다. 필자는 한 사람이 살아낸 개인사도 역사이기 때문에 사실을 객관적으로 평가하고 기록해야 맞는다는 생각이다. 그런데 많은 사례들이 진실을 왜곡한 채 미화와 찬양으로 도배질하는 방법을 선호하고 있다. 이와 같은 양상은 대한민국의 1,2,3대 대통령이었던 이승만에 대한 삶의 역사를 기록한 글에서 특히 많이 나타나고 있다.

많은 사람들이 이승만의 밝은 부분에 대해서는 확대생산하고 있는 반면 어두운 부분에 대해서는 왜곡, 축소, 외면하고 있다. 예를 들면, 일각에서 이승만을 "국부(國父)"라면서 신처럼 추앙하고 있는 반면 시인 김수영은 "우선 그 놈의 사진을 떼어서 밑씻개로 하자"라는 시를 통해 치를 떨기도 했다. 이 같은 엇갈림은 우파 내부에서도 나타났다. 우익주의자인 장준하는 이승만을 가리켜 "희대의 협잡꾼이자 정치적 악한"이라고 비판한 반면, 김활란은 "조지 워싱턴, 토마스 제퍼슨 그리고 아브라함 링컨을 모두 합친 만큼의 위인"이라고 떠받들었다.

이렇게 평가가 극명하게 엇갈리는 이승만은 청년기에는 애국적 면모를 보이기도 했다. 그러나 일제하에서는 반민족·반민주 행각을 보이기도 했다. 해방 후 권력을 잡은 뒤부터는 독재자가 되어 결국 민중들에 의해 쫓겨나고 말았다. 이와 같은 그의 삶은 그의 가정사와 무관해 보이지 않는다.

이승만은 세종대왕의 형님인 양녕대군의 16대손으로 왕손이다. 하지만 서계(庶系) 출신이어서 오랫동안 벼슬길이 막혀 몰락한 왕손이다. 이런 출신성분이 이승만에게는 왕족의 후예라는 자부심과 함께 특권의식으로 표출되었고, 한편으로는 만민공동회, 독립협회 참여와 같은 반(反)왕조적 행동으로 나타나기도 했다. 게다가 6대 독자로서 부친의 권위주의적이고 가부장적인 기질을 물려받은 데다 모친과 누이들의 사랑을 독차지하면서 유아독존적인 성격이 형성되었다고 본다.

이승만의 본관은 전주(全州)이고 초명은 이승룡(李承龍), 호는 우남(雩男)이다. 1875년 3월 26일 황해도 평산군 마산면 대경리 능내동에서 아버지 이경선(1839~1912)과 어머니 김해김씨(1833~1896) 사이의 셋째 아들로 태어났다. 하지만 위의 두 형이 천연두로 일찍 사망해서 사실상 6대독자로 성장했다.

세 살 되던 1877년 서울로 이사, 숭례문 밖 염동, 낙동 등을 거쳐 남산 서쪽에 있는 도동(桃洞)에 정착했다. 다섯 살 때 천자문을 떼었을 만큼 명석했던 이승만은 주로 서당에서 한학을 수학했다. 출세를 위해 여러 번 과거시험에 응시했지만 번번이 낙방하자 체제에 대한 불만을 품게 되었다.

1895년 갑오경장으로 과거제도가 폐지되자 스무 살의 늦은 나이로 미국인 선교사 아펜젤러가 세운 배재학당에 입학 신학문으로 방향을 바꿨다. 배재학당에서 영어와 함께 기독교를 접한 이승만은 특히 영어공부에 집중해 배재학당의 초급 영어반 조교를 맡기도 했다. 이후 미국에서 귀국한 서재필이 1896년 11월 학생들의 토론모임인'협성회'를 만들자 이에 적극 참여하면서 언론과 사회활동에 눈뜨게 되었다.

만민공동회 연사로 참여하면서 정치활동 시작

이승만의 정치활동은1898년 3월 독립협회가 러시아의 이권침탈을 규탄하기 위해 개최한 제1회 만민공동회[1]의 연사로 참여하면서 시작됐다.

1899년 1월 박영효 등과 함께 고종황제를 폐위하고 일본에 피신중인 의화군 이강(李堈)을 옹립하려는 음모사건에 연루되어 1904년 8월까지 5년 7개월 간 한성감옥에 투옥되었다. 그가 구금된 직후 주한미국공사였던 알렌(Horace Newton Allen)이 이승만의 석방을 요구하였지만 거부당했고, 같은 해 1월 말 탈옥을 시도하다 실패

1) 1898년 열강의 이권 침탈에 대항하여 자주 독립의 수호와 자유 민권의 신장을 위해 조직, 개최되었던 민중대회

하고 종신형을 언도 받았다.

감옥에서 이승만은 『청일전기(淸日戰紀)』편역, 『독립정신』저술, 『신영한사전』 등을 편찬했고, 『제국신문』에 논설을 투고하기도 했다. 그의 대표저서인 『독립정신』은 1910년 그가 출옥한 이후 LA에서 출판 "민족의 성경"이라는 호평을 받기도 했다.

1904년 8월 9일, 이승만은 일본공사 하야시의 도움으로 특별사면령을 받고 감옥에서 풀려났다. 같은 해 11월 민영환과 한규설의 주선으로 한국의 독립을 청원하기 위해 미국행에 올랐다. 러일전쟁에서 승리한 일본이 조선침략의 마각을 드러내자 당시 루스벨트 미국 대통령에게 도움을 요청하기 위해서였다.

이승만은 태프트(William Howard Taft) 국무장관의 주선으로 시어도어 루즈벨트(Theodore Roosevelt) 대통령과 만나 조선의 독립보존을 청원했다. 하지만 러일전쟁을 계기로 미국이 일본을 지지하는 정책을 취하게 되어 아무런 성과를 거두지 못했다. 일본은 이듬해 11월 을사늑약 체결로 한국의 외교권을 박탈했다.

왜곡된 '항일투사 이승만'의 본색

"기독교인으로서 살인재판 통역을 할 수 없다"

이승만은 구국 외교활동에 실패하자 귀국을 단념하고 현지에 눌러앉아 공부를 시작했다. 미국 선교사들의 추천과 미국 기독교계 인사들의 도움으로 워싱턴 DC의 조지워싱턴 대학(George

Washington University), 하버드대, 프린스턴대 등에서 수학, 1907년 조지워싱턴 대학에서 학사, 하버드 대학(Harvard University)에서 석사, 1910년 프린스턴 대학에서 「미국의 영향 하의 중립론(Neutrality as influenced by the United States)」이라는 논문으로 박사학위를 받았다. 그런데 유학시기 이승만의 본색이 드러나기 시작했다.

당시 악질 친일파로 미국인 스티븐스(Stevens, D.W.)란 자가 있었다. 일본 외무성 고용원으로 있던 그는 1904년 제1차 한일협약이 체결된 뒤 일본정부의 파견으로 한국정부 외부(外部) 고문에 취임했다. 그는 우리 정부의 봉급을 받으면서도 시종일관 일본의 충실한 앞잡이로 활동했다.

을사늑약이 체결되자 스티븐스는 일본의 입장을 대외적으로 선전하기 위해 1908년 3월 정략적으로 휴가를 얻어 일시 귀국했다. 샌프란시스코에 도착한 그는 "항구적인 동양의 평화를 위해서는 무능한 한국이 독립을 포기하고 일본의 보호를 받음은 물론 그 일부로 편입되는 것이 당연한 일"이라고 일본의 한국지배를 정당화시켜 선전했다.

이 같은 담화가 같은 달 22일자 샌프란시스코 각 신문에 보도되자, 한인독립운동 단체인 공립협회와 대동보국단 회원들은 스티븐스에게 이 사건의 진상을 규명하고 취소를 요구했다. 그러나 그는 오히려 대한제국의 황제를 비난하고 "한국인은 독립능력이 없다."고 강변했다. 그러면서 "한국에는 이완용 같은 충신이 있고 이토 히로부미같은 통감이 있어 한국인들은 행복하다"는 등의 망언을 계속했다. 이에 격분한 장인환과 전명운의사가 스티븐스를 처단하기로 결심했다.

다음 날인 23일 오전 9시 30분경, 스티븐스가 워싱턴으로 가기 위해 샌프란시스코 주재 일본영사의 안내를 받으며 페리선창에 도착했다. 이때 먼저 도착한 전명운 의사가 권총을 발사했으나 불발, 그에게 달려들어 격투를 벌였다. 이 와중에 도착한 장인환 의사가 권총 3발을 발사하여 스티븐스를 사살했다.

저격 후 장인환 의사는 "나는 한국국민의 이름으로 스티븐스를 쏘았다. 그는 보호조약을 강제로 맺게 함으로서 나의 강토를 빼앗았고 나의 동족을 학살했다. 이를 통분히 여겨 그를 쏜 것이다."라고 말했다. 두 사람은 즉시 미국 경찰에 체포되었다.

이 의거에 대해 '샌프란시스코 크로니클'지를 비롯한 미국의 신문들은 일제히 '스티븐스는 한국의 공적(公敵)이라'는 제목 아래 친일 미국인의 처단사건을 대대적으로 보도하여 인류의 양심이 살아있음을 보여 주었다. 또한 반일감정이 고조되어 있던 대다수 미국인들도 이 사건에 동정을 표했다.

두 사람이 체포되자 세계 각지의 한인들이 나서서 구명운동과 함께 재판비용을 모았다. 그 결과 미주 본토, 하와이, 멕시코, 국내, 연해주, 만주, 중국 등지를 포함 한국인이 거주하는 세계 각지에서 7,390달러가 모아졌다.

법정통역으로 경찰서 심문 때부터 도와주던 양주삼 전도사가 당시 하버드대에 유학 중이던 이승만에게 두 사람의 재판에 법정통역을 부탁했다. 그러자 이승만은 통역비용으로 3000달러라는 거액을 요구했다. 당시 장인환 의사의 미국변호사 선임비는 4000달러였다. 미주 한인들은 이승만의 요구대로 3000달러를 그에게 가져갔다. 그러나 이승만은 "미국사회 내의 부정적 여론"뿐만 아니라 자신은 "시간이 없고 기독교인으로서 살인재판 통역을 할 수 없다." 고 거절했다. 이로 인해 그는 당시 미국 한인사회에서 배척을 받기도 했다.

사건 공판은 같은 해 12월 7일 샌프란시스코 고등법원에서 개정되어 24일까지 계속되었다. 장인환은 실형이 선고되어 형기 25년의 금고로 판결되었으며 전명운은 증거 불충분으로 무죄판결이 내려졌다.

이들의 의거로 종래 분산적으로 전개하던 아메리카 대륙에서의 독립운동에 전환점이 되었고, 해외의 항일투쟁을 고무하는 데 커다란 영향을 끼쳤다.

이승만, 의열투쟁을 '테러리스트'라고 비난

이승만은 1910년 3월 재미동포 조직이었던 국민회[2]에 가입하고, 같은 해 8월 귀국하였다. 5년 만에 귀국하고 보니 나랏꼴이 암담했다. 일제에 병탄되어 나라는 존재가 없었고 서울에서는 종교행사나 관혼상제가 아니면 장성한 남자 셋이 함께 걸어 다니는 것도 금지되었다.

그 해 10월 성재 이시영 일가와 석주 이상용 일가는 재산을 처분

---

2) 1908년장인환(張仁煥)·전명운(田明雲) 등이 통감부의 외교 고문인 친일 미국인 스티븐스를 샌프란시스코에서 권총으로 저격한 사건이 발생하자, 미국에 살고 있던 교포들의 항일 애국열이 고조되었다. 박용만(朴容萬) 등이 주동이 되어 그 해 7월 콜로라도주 덴버에서 개최된 애국동지대표대회에서 미국에 흩어져 있던 애국단체를 규합하여 통합 단체를 결성할 것을 결의했다. 대회의 결의를 계기로 1908년 10월 30일 하와이 합성협회 대표 7인과 본토의 공립협회 대표 6인이 모여 단체의 통합을 결의하여, 1909년 2월 1일 국민회가 창립되었다.

가솔을 이끌고 만주로 망명했다. 매국노 이완용을 척살하려던 이재명은 서울에서 사형 당했고, 국적 이토 히로부미를 처단한 안중근은 만주 뤼순감옥에서 사형 당했다. 만주와 해삼위(블라디보스톡)에서는 의병들이 여전히 무장투쟁을 벌이고 있었다. 그러나 이승만은 이들의 의열투쟁을 '테러리스트'라고 비난했다.

1912년 3월 이른바 '105인사건[3]'으로 민족지사들이 대거 체포돼 잔혹한 고문을 받고 있을 때 이승만은 같은 해 4월 일본정부가 발행하는 여권을 갖고 미국으로 출국했다. 도미이유로 미국 미네소타에서 열린 국제감리교대회 참석으로 삼았다. 이후 1945년 10월 귀국 때까지 계속 미국에서 머물렀다.

1912년 8월, 이승만은 한성감옥 동기이자 의형제인 박용만을 찾아 미국 네브래스카주로 갔다. 박용만은 그곳에서 독립운동 인재양성을 목적으로 한인소년병학교를 설립하여 후진양성에 힘쓰고 있었다. 박용만은 이후 우리 동포가 많이 사는 하와이로 근거지를 옮겼다. 그곳에서 항일언론 활동과 동포청년들을 규합해 군사훈련을 실시했다.

박용만은 하와이에서 활동한 지 1년이 지날 무렵 무력투쟁을 위해 국민군단을 창설했다. 이에 이승만이 교육을 통한 실력양성을 주장하면서 서로 대립했다. 이승만은 재미동포의 가장 큰 조직이

---

3) 105인 사건은 1912년 일본 경찰이 데라우치 총독 암살 음모사건을 조작 신민회 회원을 대거 체포, 고문한 사건이다. 1910년 평안북도 선천에서 안중근의 사촌 동생인 안명근이 데라우치 총독을 암살하려다가 실패한 사건이 일어나자, 일본 경찰은 이 사건을 날조하여 한인 애국지사들을 대대적으로 탄압할 계획을 세웠다. 이에 안명근 사건을 신민회가 뒤에서 조종한 것처럼 조작하여, 유동열, 윤치호, 양기탁, 이승훈, 이동휘, 김구 등 6백여 명의 신민회 회원과 민족주의적 기독교인들을 검거하였다.
일본경찰은 이들로부터 거짓자백을 받아내기 위해 모진 고문을 가하여 6백 명 중 대표적인 인물 105명을 기소하였다. 1심에서 유죄선고를 받은 105명은 불복상고를 제기하여 2심에서 99명은 무죄 석방되고, 윤치호, 양기탁, 이승훈 등 6명만이 주모자로 몰려 4년형을 받고 복역하였다. 이 사건으로 신민회는 큰 타격을 받아 자연 해체되고 말았다.

었던 국민회 회장 선출과 자금사용에 대해 문제를 제기했고, 국민군단의 일본군 선박 폭파미수사건을 계기로 박용만이 하와이를 떠나자 국민회를 주도적으로 운영했다.

일제 식민지통치 두둔한 이승만

그 무렵 이승만은 정체성에 많은 변화가 일고 있었다. 이승만은 〈워싱턴포스트〉(1912.11.18.)와의 회견에서 "불과 3년(한일병탄 이후)이 지나기도 전에 한국은 낡은 인습이 지배하는 느림보나라에서 활발하고 떠들썩한 산업경제의 한 중심으로 변모했다. 오늘의 서울은 주민의 피부색깔을 제외한다면 (미국의) 신시내티와 다를 것이 없다"며 일제의 식민통치를 두둔했다. 요즘 일각에서 주장하고 있는 '식민지 근대화론'과 맥을 같이하고 있다.

그러나 이승만은 많은 사람들에 의해 항일 독립운동가로 세간에 알려져 있다. 하지만 그의 삶을 통해 나타난 그의 대일관은 가장 현실주의적이고 대세 추종주의적이었다. 그래서 그가 신념에 근거했다기보다는 개인적인 이득에 결부된 것이라는 견해가 많다. 실제로 그의 언행을 살펴보면 반일, 배일 같은 것을 찾아보기 어렵다.

이승만은 경술국치로 수많은 애국지사들이 망명길에 오를 때 '금의환향'했다. 105인 사건'으로 민족지사들이 대거 체포돼 잔혹한 고문을 받고 있을 때 그는 민족지사들을 비판하며 미국 행에 올랐다. 또 미국언론을 상대로 일제의 무단통치를 옹호하기도 했다.

특히 미일간의 평화가 지속되면 대일 유화적인 자세를 취했다. 현실적으로 자신에게 유리한 데로 친일 또는 친미로 바뀐 것이다. 이에 이승만 연구자 정병준 교수는 "적어도 1919년 이전까지 이승만은 단 한 차례도 노골적인 반일운동을 벌인 적이 없었다."고 했다. 세간에 알려진 '항일투사 이승만'의 면모가 상당히 왜곡된 것임을 비판한 것이다.

'트러블 메이커'라는 별명 얻고

탄핵으로 임정대통령직 박탈당해

1918년 제1차 세계대전이 끝나고 미국의 윌슨(Thomas Woodrow Wilson) 대통령은 '민족자결주의'를 주창하면서 국제연맹(The League of Nations)을 구상했다. 그런 시점에 1919년 이승만은 김규식이 파견된 파리강화회의에 자신이 참석하려다 여권을 받지 못해 불발됐다. 이 기회를 놓친 이승만은 2월 25일경 윌슨 대통령과 파리강화회의에 한국을 국제연맹의 위임통치 하에 둘 것을 요청하는 '위임통치청원서'[4]를 제출했다. 내용은 "한국은 당장 독립될 가망이

4) 신채호는 '이승만은 위임통치 및 자치문제를 제창한 자이니 국무총리로 선임할 수 없다'고 반대하고 나섰다. 여기서 신채호가 제기한 이승만의 위임통치 청원이란 무엇을 말하는 것이었을까? 파리강화회의에 가고자 했던 이승만의 측근 정한경은 1919년 2월 파리행이 불가능해지자 이승만을 찾아가 위임통치 청원문안을 담긴 청원서라도 윌슨에게 제출하자고 제안했다. 이에 이승만은 3월 7일 이 청원서를 국무장관 대리에 전하고, 파리에 가 있는 랜싱 국무장관에게 전달해달라고 요청했다. 그리고 이승만은 3월 16일 기자회견을 열어 위임통치 청원서를 공개했다. 그 내용은 미국이 국제연맹의 위임을 받아 한국을 통치해 달라는 것이었다. 이승만과 정한경이 위임통치를 청원한 것은 한국의 즉시독립이 불가능하다는 판단 때문이었다. 이들은 한국 스스로의 힘으로는 독립이 불가능하다는 생각을 갖고 있었다. 그러나 이들의 위임통치 청원은 3.1운동 직후 한국인들의 정서와는 너무 거리가 먼 것이었다. - 한국 독립운동사 P.115

없고 또 독립된다고 하더라도 자치능력이 없으니 미국이 주관하여 국제연맹으로 하여금 한국을 통치하게 해달라"는 것이었다. 그러나 일본이 승전국이었던 상황이었기 때문에 한국문제는 국제연맹의 고려대상이 아니었다.

이런 친미사대주의 내용이 외신을 통해 알려지자 민족진영에서는 분통을 터뜨렸다. 단재 신채호가 "없는 나라를 팔아먹으려는 것은 있는 나라를 팔아먹은 이완용보다 더한 역적이다."라고 말할 정도였다.

이와 같이 이승만은 3.1운동을 계기로 표출된 한민족의 독립의지를 위축, 손상시켜 민족진영으로 하여금 그의 행동을 묵과하기 힘들게 만들었다.

1919년 3.1운동 직후 노령(露領) 임시정부(1919년 3월 21일 수립)에 의해 이승만은 국무 급(及) 외무총장으로 임명됐다. 같은 해 4월 10일 구성된 상해 임시정부에서는 국무총리로, 4월 23일 선포된 한성 임시정부에서는 집정관총재(執政官總裁)에 임명됐다. 1919년 6월에는 대한민국 대통령의 명의로 각국 지도자들에게 편지를 보내는 한편 워싱턴에 구미위원부[5)]를설치했다.

임시정부 규정에 없는 대통령 직책을 사용한 것에 대해 안창호와 갈등을 빚기도 했다. 하지만 상해 임시정부 의정원은 1919년 9월 6일 이승만을 임시 대통령으로 추대했다. 상해임시정부를 외면하던 이승만은 임시정부가 정통성을 가지게 되자 대통령직함을

5) 공식 명칭은 구미주차한국위원회(歐美駐箚韓國委員會, Korean Commison to America and Europr)이다. 1919년 5월 대한민국임시정부 국무총리였던 이승만(李承晩)은, 한성정부(漢城政府)의 집정관총재(執政官總裁) 자격으로 워싱턴에 집정관총재사무소를 설치, 대미외교 업무를 수행하였다. 같은 해 9월 각지의 정부를 흡수 통합한 대한민국임시정부가 수립되면서 대통령으로 선임되자, 같은 달 프랑스 파리에 설치되었던 주 파리위원부와 필라델피아에 설치되었던 대한민국통신부를 통합, 구미위원부를 조직했다.

전제로 상해로 건너가 대통령에 부임했다. 그러나 그는 1920년 12월부터 약 6개월 동안만 대통령직을 수행했을 뿐이다.

1921년 5월 이승만은 임시정부 전권대사로 워싱턴에서 개최될 군축회의(The Washington Disarmament Conference)에 참석차 미국으로 돌아갔다. 그리고 한국의 독립문제를 군축회의 의제로 상정시키고자 했지만 뜻을 이루지 못했다.

1922년 9월, 이승만은 상해 임시정부로 복귀하지 않고 하와이로 가서 교육과 종교활동에 전념하다가 1924년 11월 호놀루루에서 조직된 대한인동지회 종신총재에 취임했다.

이와 같이 그가 곡절 끝에 임시정부 대통령으로 선출됐으나 1922년 6월 임시정부 의정원(현 국회)의 불신임안 가결에 이어 3년 뒤인 1925년 3월 11일 탄핵해 대통령직을 박탈당했다. 탄핵요지는 대통령으로서의 직무유기, 임시정부 의정원의 결의 무시, 업무태만, 파벌 짓기와 갈등조성 등이었다. 이렇게 가는 곳마다 분란을 일으켜 '트러블 메이커'라는 별명을 얻었다.

조소앙은 이 탄핵안을 반대했지만, 대다수 임시정부 요인들이 주도한 탄핵안은 통과되었다. 그러나 의정원의 폐지령에도 불구하고 구미위원부의 활동은 1929년까지 계속되었고, 이승만은 그곳에서 외교활동을 계속했다. 당시 조병옥, 허정, 장택상 등이 구미위원부의 활동을 도왔던 유학생들이었다.

구미위원부에서 활동하면서 임시정부의 재정을 도맡았던 이승만은 1932년 11월 국제연맹에 한국의 독립을 탄원할 임무를 받고 전권대사에 임명됐다. 1933년 1월과 2월 제네바에서 열린 국제연맹 회의에서 한국의 독립을 청원하기 위한 활동을 전개했다.

이 때 제네바의 호텔 드뤼시에서 오스트리아인 프란체스카 도너(Francesca Donner)를 만나 1934년 10월 뉴욕에서 결혼했다.

1933년 11월, 국제연맹에서의 활동을 인정받은 이승만은 임시정부 국무위원에 선출되었고, 1934년에는 외무위원회 외교위원, 1940년 주미외교위원부 위원장으로 임명됐다. 같은 해 곧 다가올 태평양 전쟁을 예상한『일본 내막기(Japan Inside Out)』를 출간했다.

이승만은 태평양 전쟁이 발발한 후 미국정부에 임시정부를 한국의 대표로 승인해줄 것을 여러 차례 요청했다. 그리고 미국정부에 로비를 하기 위해 한미협회(The Korean-American Council)를 조직했다. 그러나 재미동포 단체들의 분열로 인해 미국정부는 1945년 태평양 전쟁이 끝날 때까지 임시정부를 승인하지 않았다.

1942년 8월 29일부터 미국의 소리(Voice Of America) 방송에서 일본의 패망과 독립운동의 필요성을 강조하는 방송을 시작했고, 같은 해 9월에는 미국 육군전략사무처(Office of Strategic Services)와 연락해 임시정부의 광복군이 미군과 함께 작전을 수행할 수 있도록 연결하는 활동을 했다. 또한 태평양 전쟁시기 미국과 소련이 얄타회담에서 한반도 문제에 대해 합의한 후에는 소련을 비판하는 성명을 발표하기도 했다.

초대 대통령 이승만과 '일민주의' 그리고 친일분자 처벌 반대

이승만은 1945년 8월 15일 해방 후 두 달이 지난 10월 16일 귀국했다. 귀국 직전 일본 도쿄에서 맥아더 장군, 하지 미군정 사령관과 만나 회합을 한 후 귀국한 이승만은 조선인민공화국의 주석과 한국민주당의 영수직을 거절했다. 그 대신 1945년 10월 23일 독립촉성중앙협의회를 조직해 회장에 추대됐다.

독립촉성중앙협의회는 초기에 조선공산당과 한국민주당 등 좌우익의 거의 모든 조직들이 참여한 단체였다. 하지만 친일파 문제에 대한 이견과 이승만의 강한 반공주의로 인해 좌익계 인사들은 모두 이 조직에서 탈퇴했다.

1945년 12월 28일 모스크바 3상회의 결정서 발표 이후 1946년 1월 8일 국론분열을 막기 위해 한국민주당, 국민당, 조선인민당, 조선공산당 등 좌우익의 주요 정당이 모여 합의한 이른바 '4당 캄파'에 반대했다. 1946년 2월 8일에는 독립촉성중앙협의회를 '대한독립촉성국민회'로 확대 개편했다.

1946년 2월 14일 미소공동위원회의 개최를 앞두고 미군정이 조직한 남조선대한국민대표민주의원에 참여해 의장에 선출되었다. 그러나 미군정이 소련군과 타협해 한반도 문제를 해결하려 하자 의장직을 사퇴하고 지방순회에 나섰다. 그는 미소공동위원회에 반대하며, 1946년 6월 3일에는 정읍에서 "남쪽만의 임시정부 혹은 위원회 조직이 필요"(일명 정읍발언)하다고 발언해 38선 이남에서라도 단독정부를 세워야 한다고 주장했다.

미소공동위원회가 휴회하자 1946년 12월 이승만은 미국을 방문해 워싱턴에서 소련과의 타협에 반대하는 활동을 했다. 그때 마침(1947년 3월 12일) 트루먼 독트린이 발표되면서 이승만의 미국에서의 활동이 국내에 크게 보도됐다. 이승만은 귀국길에 중국에 들렀고, 1947년 4월 21일 장제스[蔣介石]가 제공한 비행기를 타고 귀국했다.

1947년 9월 미소공동위원회가 완전히 결렬되고, 한반도 문제가 유엔으로 이관되자 유엔 감시 하에서 실시되는 선거에 참여했다. 1948년 5월 10일 실시된 국회의원 총선거에서 동대문구 갑에 단독으로 출마해, 무투표 당선됐다. 1948년 5월 31일 국회가 소집되자 선출된 국회의원 중 가장 나이가 많았던 그가 의장에 선출됐고, 7월 20일 국회에서 선거에 의해 대한민국 대통령에 선출됐다. 같은 해 7월 24일 대통령에 취임했다.

대통령에 취임한 그는 새로운 통치이념으로 '일민주의(一民主義)'[6]를 내세웠다. 모든 사람은 국가 앞에서 평등해야 하며, 그 평등 위에서 국가의 이익을 위해 기꺼이 자신을 희생해야 한다는 것이다. 1948년 12월 대한민국 정부가 유엔으로부터 승인을 받은 후 장면(張勉)을 주미한국대사로 임명했다.

이승만은 1949년 반민족행위자특별조사위원회(반민특위)[7]의 활

---

6) 일민주의(一民主義) : 1948년 8월 15일 정부수립과 함께 이승만이 반공체제를 구축하기 위한 목적에서 새로운 이념으로 '일민주의(一民主義)'를 제기했다. 일민주의가 처음 등장하는 것은 1948년 10월 9일 발기한 대한국민당에서였다. 배은희를 중심으로 하는 목요회와 1948년 8월 독촉국민회를 토대로 이승만을 영도자로 하는 여당을 조직하기 위한 준비 끝에 발족하면서 대한국민당은 "하나 아닌 둘 이상의 상대적 존재가 있을 수 없다는 일민주의"를 당시(黨是)로 내세웠다. 그 이후 각종 잡지에 일민주의를 제창하는 글이 실렸으나 이념으로 제시되지 않았다.

7) 반민족행위특별조사위원회(反民族行爲特別調査委員會) 약칭 반민특위(反民特委) : 제헌국회는 정부수립을 앞두고 애국선열의 넋을 위로하고 민족정기를 바로 잡기 위해 친일파를 처벌할 특별법을 제정할 수 있다는 조항을 헌법에 두었다. 이에 따라 제헌국회는 친일파를 처벌할 특별법 제정에 착수하여 반민족행위처벌법을 제정했다. 이 법은 1948년 9월 22일에 공포되었으며, 반민족행위특별조사위원회는 같은 해 10월 22일에 설치됐다.
즉 일제 강점기 시대에 일본제국과 적극적으로 협조하여 악질적으로 반민족적 행위를 한 자들을 조사하기 위하여 설치한 특별위원회이다. 제헌국회는 1948년 9월 7일 국권강탈에 적극 협력한 자, 일제치하의 독립운동가나 그 가족을 악의로 살상·박해한 자 등을 처벌하는 목적으로 반민족행위처벌법을 통과시켰다. 반민특위는 그 산하에 배치되어 있는 특별경찰대를 활용, 일제시대의 악질기업가였던 박흥식, 일제를 옹호하여 조국의 젊은이들을 전쟁터로 내몰았던 최남선·이광수 등을 검거하여 재판에 회부하는 등 민족정기를 흐리게 했던 많은 친일매국분자들을 색출해 냈다. 이에 자신이 위험하게 될 거라는 생각을 한 장경근은 이승만을 설득해 반민특위를 해체하게 만들었고 반민특위 형사들을 공산주의자로 몰아넣었다. 그리고 이승만은 자신의 권력유지의 핵심이었던 악질 친일파들의 청산을 적극적으로 방해했고, 그들이 정부수립의 공로자이며 반공주의자라는 이유에서 석방을 종용했다. 그 후 노골적으로 반민특위의 활동을 방해했다. 반대세력의 방해로 반민특위의 활

동으로 일본 및 총독부에 협력하였던 인사들을 처벌하는 것에 대해 반대하는 입장을 밝혔다. 농지개혁을 추진・실시했고, 통일문제에 대해서는 '북진통일론'을 주장해 북한정부를 인정하지 않았다. 미국이 한국군의 증강을 제한했으나 미국의 도움 없이 직접 공군 창설을 지시하기도 했다.

한국전쟁 발발하자 대전으로 피신하고 서울사수 방송한 이승만

1950년 6월 25일 한국전쟁이 발발하자 대전으로 피신했다. 그리고 서울에 있는 것처럼 국민들에게는 "피란하지 말고 직장을 지키라.", "서울을 사수하겠다."는 등의 육성을 라디오 방송으로 틀어놓은 채 한강대교를 폭파하고 부산으로 피신했다.

1951년 11월 19일 자유당을 조직하고 국회에서 대통령을 선출하게 되어 있는 헌법을 국민이 직접 선출하는 것으로 개헌을 추진했다. 개헌추진 과정에서 야당이 반대하자 1952년 임시수도 부산에 계엄령을 실시했다. 같은 해 대통령 직선제를 골자로 하는 '발췌개헌안'[8)]을 통과시켰다. 새로운 헌법에 의해 1952년 8월 5일 실시된 제2대 대통령 선거에서 74.6%의 지지로 당선되었다.

동은 지지부진하다가 1949년 6월 6일 특별경찰대가 강제 해산하게 되어 사실상 기능이 상실되고 말았다. 특경대의 설치자체가 법적논란이 되었으며 무분별한 체포 구금 고문 등으로 많은 반발을 샀고, 좌익의 반란 등으로 위기감을 느낀 국회 중도파에서 특위기간을 단축하게 되었다.

8) 발췌개헌안(拔萃改憲案) : 1950년 5월 30일 제2대 국회 의원 선거에서 무소속 의원이 60% 이상 당선됐다. 이러한 상황에서 이승만(李承晩)은 재집권하기가 어렵다고 보고 일련의 정치공세를 강화했다. 이승만이 1951년 11월 30일 대통령 직선제 개헌안을 제출한 것이다. 그러나 이 개헌안은 1952년 1월 18일 찬성 19, 반대 143으로 부결됐다. 이 개헌안이 부결되자 이승만은 부산을 포함한 경상남도와 전라남도·전라북도 일부 지역에 비상계엄을 선포한 후 국회의 정치활동을 억압하고 야당 의원들을 구속했다.

이러한 상황에서 신라회(新羅會)를 주도한 국무총리 장택상(張澤相)은 1952년 6월 20일에 이른바 발췌개헌안(拔萃改憲案)을 제출했다. 이 개헌안은 야당이 제출한 내각책임제와 정부의 대통령직선제를 절충한 것이라고 주장했다. 그러나 발췌개헌안은 이승만의 최대 관심사인 대통령 직선제가 핵심이었다. 발췌개헌안은 7월 4일 헌병과 무장경찰, 그리고 민중자결단·백골단·땃벌떼 등의 정치 테러집단을 동원 국회를 포위한 가운데 기립표결로 찬성 163, 기권 3으로 통과되어 7월 17일 공포됐다. 이승만은 개헌안이 공포된 뒤 곧이어 실시한 8월 5일 정·부통령 선거에서 대통령에 당선됐다. 이로써 이승만은 재집권의 목적을 달성했다.

이승만은 미국의 정전협정 추진에 반대하며 1953년 6월 18일 반공포로 석방을 지시했고, 이로 인해 미국정부와 갈등을 빚었다. 하지만, 정전협정에 반대하지는 않되 참여하지 않는 조건으로 미국과 타협했다.

또한 정전협정을 추진하는 과정에서 미국과의 협의를 거쳐 1953년 10월 1일 '한미상호방위조약'을 조인했다. 1954년에는 미국을 방문해 의회에서 연설을 했고, 한국군의 작전통제권을 유엔군사령관 관할 하에 두는 대신 한국에 대한 미국의 군사원조를 약속 받는 '한미합의의사록'을 체결했다.

1954년에는 이른바 '사사오입(四捨五入) 개헌'[9]을 통해 대통령직

9) 사사오입 개헌(四捨五入改憲)은 대한민국의 제1공화국 시절의 집권 세력이었던 자유당이 사사오입(四捨五入, 반올림)을 내세워 당시 정족수 미달이었던 헌법 개정안을 통과시켜 대한민국 헌법 제3호가 제정된 사건이다.
1954년 5월 20일, 국회의원 선거에서 원내 다수를 차지한 자유당은 이승만의 종신집권을 가능하게 하기 위하여 "초대 대통령에 한해 중임제한을 없앤다"는 것을 주요 골자로 하여 9월 8일 국회에 제2차 헌법개정안을

연임제한 조항이 초대 대통령에 대해서는 적용되지 않도록 개정했다. 1956년 5월 15일 새로 개정된 헌법에 근거해 대통령선거를 실시해 56%의 득표로 당선, 제3대 대통령에 취임했다.

이승만은 1956년 전후 복구와 경제부흥을 위해 경제개발계획을 미국에 제출했다. 하지만, 미국정부의 거절로 실현되지 못했다. 1958년 경제개발계획의 입안과 실시를 위해 산업개발위원회를 설치했다. 산업개발위원회는 1960년 1월 산업개발 3개년계획을 발표했지만 곧 이은 4.19혁명으로 실행되지 못했다. 1958년 12월 24일에는 국가보안법 개정으로 미국정부와 갈등을 빚기도 했다.

3.15부정선거로 하야한 뒤 하와이에서 사망

이승만은 1960년 제4대 대통령 선거에 부통령 후보 이기붕과 러닝메이트로 출마했다. 그런데 민주당 대통령후보였던 조병옥이 선거 중 사망해 무투표로 당선됐다. 하지만 3.15부정선거로 4.19혁명이 발발하자 4월 26일 대통령직에서 물러나 이화장(梨花莊)에 잠시 머물다. 5월 29일 하와이로 망명했다. 1965년 7월 19일 하와

제출했다.
그러나 같은 해 11월 27일, 국회 표결결과 '재적의원 203명 중 2/3이 찬성해야 한다.'는 원칙에 따른 가결정족수(可決定足數) 136명에서 한 명이 모자란 찬성 135표, 반대 60표, 기권 7표라는 결과가 나왔다. 이에 따라 당시 국회부의장 최순주(자유당 소속)는 부결을 선포했으나, 이틀 후 자유당은 이정재 감찰부 차장의 동대문 사단을 국회 방청석에 투입시켰고 사사오입의 원리를 내세워 이를 번복했다.
원래 재적의원 203명의 2/3은 135.33…명으로서 정족수의 경우 이 숫자보다 많아야 하기 때문에 보통 올림 한 숫자인 136명이 맞다. 그러나 자유당은 당시 대한수학회 회장이었던 최윤식 교수까지 내세우며 사사오입, 즉 반올림을 하는 것이 맞는다는 주장을 내세워 정족수를 135명으로 하여 가결된 것으로 정정 선포하였다. 이는 절차적인 면뿐만 아니라 내용적인 면에서도 헌법의 기본정신에 위배되는 위헌 헌법개정이었다. 하지만 이 헌법개정으로 이승만은 1956년 대통령 선거에서 또다시 재선됐다. 이렇게 이승만은 장기집권과 독재를 하기 위해 헌법을 불법적으로 개정하는 반민주적인 작태를 벌였다.

이 호놀룰루 요양원에서 사망, 같은 해 7월 27일 가족장으로 치른 뒤 서울 동작구 국립서울현충원에 안장되었다.

극명하게 엇갈리는 이승만의 평가

이상과 같이 이승만의 생애를 살펴본 결과 그에 대한 평가가 엇갈리는 이유를 짐작할 수가 있다. 그 이유는 다음과 같은 사건의 진실 또는 의혹과 무관해 보이지 않는다.

1, 한성감옥에서 일본공사의 도움으로 석방되었다.

2, 친일파 선교사 해리스의 도움으로 도미했다.

3, 샌프란시스코에서 장인환, 전명운 의사가 스티븐스를 척살하고 재판을 받을 때 "예수교인으로서 살인재판의 통역을 원치 않는다." 고 거부했다.

4, 이봉창 윤봉길 의사의 의열투쟁과 105인 사건을 '테러'라고 비난했다.

5, 하와이에서 한인 소년병학교와 대한인국민회를 조직하여 독립운동을 한 박용만을 내쫓는 등 한인사회의 분열 획책했다.

6, 국제연맹에 위임통치를 청원한 사건을 계기로, 임정 내 일부 독립 운동가들과 내부 대립, 갈등을 유발시켰다.

7, YMCA 간사시절 학생들에게 반일운동보다 해외유학을 권유했다.

8, 상해 임시정부가 수립될 때 국무총리에 추대되었으나 대통령직위를 주장하고 스스로 대통령 직함을 사용했다.

9, 미국에 눌러앉아 위임통치론 등 정부의 방침과 다르게 행동하다가 임정대통령이 되고서는 의정원의 불신임과 탄핵을 받았다.

10, 해방 후 좌우합작 반대, 미소공위 참가거부, 김구. 김규식 등의 남북협상 반대 등 통일정부수립보다 단정수립노선 추구했다.

11, 친일 경찰, 군인, 관료 출신들을 '반공투사'라 칭송하면서 대거 등용해 민족정기를 짓밟고 친일파를 재기시켰다.

12, 반민특위를 폭력적으로 해체하는 최종적 결정승인과 지시로 친일청산을 가로막았다.

13, 제주 4.3사건과 관련하여 국무회의에서 제주도민들을 강력하게 처벌하라 지시하고 법에도 없는 계엄선포로 많은 제주도민 학살했다. 제주 4 .3 평화기념관에는 이승만이 공식석상에서 대놓고 '가혹하게 탄압하라' 는 지시의 기록이 보존되어있다.

14, 제주 4.3사건, 여순사건 등을 빌미로 국가보안법을 제정해 정적 제거와 언론탄압을 자행했다.

15, 제헌의원 선거 때 독립운동가인 경쟁자 최능진에게 내란음모 죄를 씌워 총살시키고 단독 출마해 당선됐다.

16, 김구 암살, 조봉암 사법살인, 장면 부통령 저격사건 등 잔혹하게 정적을 제거했다.

17, 국방상 아무런 대책 없이 공염불처럼 북진통일을 외치다가 남침을 받자 수도 사수 방송만 남긴 채 한강다리를 폭파시키고 도주했다. 환도 뒤에는 남아있던 국민들을 부역자로 몰아 학살했다.

18, 거창 양민 학살사건 & 보도연맹 학살 & 한강 인도교 폭파 등으로 양민을 학살한 사건을 공산분자들의 만행이라고 호도했다.

19, 권력욕과 독재정권 기반을 굳히기 위해 전쟁 중 임시 수도였던 부산에서 온갖 반민주 악행 정치파동(釜山政治波動)을 저질렀다.

20, 발췌개헌, 사사오입개헌, 보안법파동, 3.15 부정선거 등 자신의 권력연장을

위해 수단과 방법을 가리지 않고 반민주, 독재행위를 서슴지 않았다.

21, 3 .15 부정선거를 규탄하는 4.19 시민학생들에게 발포 186명 사망, 6026 명의 부상자를 발생시키고도 이에 대해 사죄하지 않았다.

22, 가톨릭교도인 안중근이 이토 히로부미를 처단하고, 기독교인 김구가 스치다를 척살하면서 독립운동에 몸을 던질 때, 이승만은 기독교 신자로서 오직 미국 주류사회의 여론을 중시하면서 장인환 · 전명운 의거와 안중근 의거를 비난하고 무장전쟁론자이고 의형제인 박용만을 배반했다.

이와 같은 사건의 진실 때문에 이승만의 공과(功過)가 극명하게 엇갈릴 수밖에 없다는 생각이다. 일각에서는 이승만의 공과를 공7 과3이라고 높게 평가하고 있다. 반면, 다른 쪽에서는 과7 공3으로 형편없이 낮게 평가하고 있다. 어떤 쪽의 평가가 정확한 것일까? 그 해답을 미국의 16대 대통령이었던 아브라함 링컨(Abraham Lincoln)한테 물어야 할 것 같다.

아브라함 링컨 대통령 각하!

한국의 1,2,3대 대통령이었던 이승만은 "국민의(of the people), 국민에 의한(by the people), 국민을 위한(for the people)" 정치를 했던 정치가로 평가할 수 있습니까? 아닙니까?

특집 1

가평전투 참정용사 윌리엄 클라이슬러

CANADIAN CONTRIBUTION TO THE KOREAN WAR

Between 1950 and 1953, Canada participated in the Korea War as part of United Nations force to protect South Korea from invasion by North Korea. When considered in proportion to the population of the country, Canada's army, navy, and air force formed one of the largest contingents of the United Nations forces. Some 27,000 Canadians left behind the comforts of home in the interests of peace and security in a region far removed from their own country. Five hundred and sixteen of them gave their lives in the name of this noble cause. Recognized for their military skills and the recipients of many military decorations, these valiant Canadians embodied their country's commitment to safeguard the fundamental principles of the United Nations.

한국전에 있어서의 캐나다의 기여

캐나다는 북한의 침략으로부터 대한민국을 수호하기 위하여 UN 다국적군의 일환으로 1950에서 1953까지 한국전에 참전하였다. 국가의 인구에 비하여 볼 때, 캐나다의 육해공군은 UN군 중 가장 많은 군대를 한국전에 파병하였다.
27,000여 캐나다 장병들은 머나먼 지역의 평화와 안보를 위하여 가정의 안락을 뒤로하고 고국을 떠났다. 그 중 516명이 숭고한 대의를 명분으로 목숨을 바쳤다. 캐나다 군인들은 UN의 원칙을 지키려는 자국의 굳건한 의지를 구현하였으며, 이들의 용맹함은 수많은 훈장으로 인정받았다

캐나다군 윌리엄 클라이슬러씨(오른쪽)가 가평전투 중에 부상당한 전우를 부축해 이동하고 있다.

6.25 가평전투 참전용사 윌리엄 클라이슬러(William Chrysler)

스무 살 어린 나이로 한국을 돕기 위해 자원입대

일시 ; 2018년 2월 17일 / 장소 ; 윌리엄 크라이슬러씨 자택
대담 : 김대억 / 기록 : 최봉호 / 촬영 : 이은세

참전국 중 세 번째로 많은 병력 파병한 캐나다

우리의 조국 대한민국은 일제의 가혹한 속박에서 벗어나 해방을 맞이한 지 5년 만에 북한 공산군의 불법남침을 당했다. 1950년 6월 25일 모두가 평화롭게 잠들어 있는 일요일 새벽 20여 만명의 북괴군은 소련제 탱크를 앞세우고 물밀 듯이 38선을 넘어왔다. 그러나 우리는 그들을 대항해 싸울 준비가 전혀 되어있지 못했다. 때문에 전쟁 발발 3일 만에 수도서울이 붉은 군대에게 함락되었고, 파죽지세로 밀고 내려오는 공산군에 밀려 나라의 운명은 풍전등화처럼 되고 말았다.

우리가 이같이 절체절명의 위기에 처했을 때 자유와 평화를 사랑하는 우방 국가들이 구원의 손길을 뻗쳐왔다. 미국을 위시한 16개국의 병사들이 공산침략군을 물리치기 위해 달려온 것이다. 이

현역시절 윌리엄클라이슬러

들 유엔 16개국 참전용사들의 숭고한 인류애와 희생이 없었다면 지금의 대한민국은 존재하지 못했을 지도 모른다. 이같이 오늘 날의 자랑스러운 대한민국이 있게 하는데 중대한 역할을 감당한 16개국 중에는 지금 우리들이 살고 있는 캐나다도 포함되어 있다. 그 산 증인 중의 한 사람이 바로 윌리엄 크라이슬러(William Chrysler)이다.

윌리엄 크라이슬러는 20살의 젊은 나이에 우리나라를 돕기 위해 캐나다 군에 자원입대 한국전에 참전했던 용사이다. 우연한 기회에 그를 알게 된 기념사업회는 그를 찾아가 그가 체험했던 한국전쟁에 관해 이야기를 생생하게 듣기로 했다.

지난 2월 17일 오후 1시 최봉호 총무이사와 함께 토론토를 출발하여 St. Catharine의 이은세 이사와 합류했다. 셋이서 캐나다와 미국 국경지경에 있는 Port Erie에 도착하니 짧은 겨울 해가 기울기 시작하는 오후 4시가 넘어있었다.

윌리엄 크라이슬러의 집은 넓은 대지 위에 자리 잡은 전원주택이었다. 드라이브 웨이도 20미터 넘게 길었다. 차고 앞에 차를 세우고 현관문을 두드리니 윌리엄씨 부부가 반갑게 맞아주었다. 미리 이야기가 되어 있었기에 넓으면서도 아늑한 분위기가 감도는 거실에 편하게 마주 앉자 곧바로 인터뷰에 들어갔다.

한국전쟁이 발발하자 캐나다 하원은 1950년 6월 30일, 한국파병을 만장일치로 의결하고, UN군에서 미국과 영국에 이어 세 번째로 많은 병력을 파병했다. 이 병력은 당시 캐나다군 전체병력의 절반에 해당됐다.

한국을 위해 싸우려고 자원 입대한

윌리엄 클라이슬러

김 = 김대억 회장 / 윌 = 윌리엄 클라이슬러

김 복잡한 토론토를 벗어나 이리로 오면서 차창밖에 펼쳐지는 시골풍경을 보며 피로가 풀리고 기분이 상쾌해 지는 것을 느꼈는데, 사방이 확 트인 집안에 들어서니 딴 세상에 온 것 같네요. 여기서 사신지 얼마나 되었습니까?

윌 30년이 넘게 살고 있습니다. 1980년도 중반부터 계속 여기서 살았으니까요.

김 퍽 오래 한 곳에 사시네요, Port Erie가 고향이신가요?

윌 아닙니다. 저는 1931년 5월 4일에 Hamilton에서 태어났습니다. 거기서 9학년까지 학교를 다녔고, 1945년에 군에 입대하려 했는데, 나이가 어려서 예비군 명단에 이름만 올려놓았습니다. 그러고는 California Technical Institution에 들어갔지요.

김 그 후에는 무엇을 하셨나요?

윌 한국전에 참전했습니다.

김 한국전쟁이 일어난 것이 1950년이니 그때 크라이슬러 씨 나이가 20세 전후였을 텐데, 그 나이에 공부를 계속하거나 장래를 보장해줄 직장을 잡지 않고 이국에 가서 싸우기를 원한 특별한 사유라도 있나요?

월 말씀 드린 바와 같이 저는 15살에 캐나다 군에 입대하려 했지만 나이 때문에 정식군인이 되지 못했습니다. 그러다 1950년 6월에 한국에서 전쟁이 터졌고, 8월에 한국전에 참전할 자원사를 모집한다는 공고가 났기에 지원했습니다. 자원군으로 선발된 후 기본군사훈련을 받고 11월에 Seattle에서 미군들과 함께 군함에 승선하여 12월에 부산에 도착했습니다. 부산에서 며칠 대기하다 40일 간 현지군사훈련을 받고 몇 차례 전투에 투입되어 실전을 체험하게 되었습니다. 그러다 1951년 4월 23일에 가평전투에 임하게 되었는데, 그것이 제가 한국에서 싸운 가장 규모도 크고 격렬한 전투였습니다."

김 그때 상황을 간략하게 말씀해주시겠습니까?

월 그때 중공군은 노동절에 서울에 재 입성 한다는 목표를 세우고 총공세를 펼쳤습니다. 그들의 공세에 맞 서 중부전선 춘천 지역의 사창리를 방어하고 있던 한국군 제6사단 후방을 중공군이 차단하는 바람에 큰 타격을 입고 후퇴하게 되자 서울이 또다시 적군의 손에 넘어갈 수도 있는 위험한 처지가 되었습니다.

가평진투의 현장 가평계곡

가평전투는 캐나다군 1개 대대병력 450명이 13배가 넘는 중공군 6천여 명(1개 사단)을 상대로 싸워서 대승을 거둔 전투이다. 전과는 캐나다군 전사 47명, 부상 99명, 중공군은 최대 4천여 명의 사상자를 냈을 것으로 추정한다.
가평전투에 승리한 캐나다군 부대가 귀국 주둔한 위니펙(Winnipeg)의 CFB(Canadian Forces Base)를 'Kapyeong Barrack'이라는 닉네임으로 불렀다. 현지 한국 동포들은 통상 '가평부대'라고 부른다.

김 그때 캐나다군은 어디에 주둔하고 있었나요?

윌 그런 상황에서 뉴질랜드 군, 호주 군, 영국 군, 그리고 우리 캐나다 군으로 편성된 영연방 27여단에게 서울을 목표로 남

이동중인 캐나다 군

1951년 4월, 캔자스(Kansas)작전 선에서 와이오밍(Wyoming)작전 선을 목표로 진격하고 있던 한국군 6사단이 중공군의 5차 공세를 받아 병력을 반 이상 잃고 중장비도 거의 파손된 상태로 가평계곡을 따라 철수하기 시작했다. 상황이 이 같이 갑작스레 악화되자 주변의 UN군 공격사단들은 한국군 6사단의 철수로를 확보하고 중공군의 남하를 차단하는 작전을 펴야 했다. 왜냐하면 중공군에게 밀리면 수도서울을 다시 빼앗길 수 있기 때문이었다. 그 사수의 격전이 1951년 4월 23일부터 경기도 가평, 사창리에서 벌어졌다.

하하는 중공군을 저지하라는 명령이 하달되었습니다. 제가 소속했던 캐나다 군 제2대대는 가평 남단에 위치한 667고지에 진지를 구축했으며, 왼편에는 호주 군, 오른편에는 뉴질랜드 군이 포진했습니다. 우리가 구축한 진지의 고지를 향해 기어오르는 중공군에 비해 우리는 수적으로 너무나 열세였습니다. 그러나 우리에게도 유리한 점들이 있었습니다. 우선 우리 부대는 높은 고지로 올라오는 적을 방어한다는 이점이 있었고, 우리 부대는 막강한 화력을 보유하고 있었습니다.

* 화력 이야기를 하면서 크라이슬러 씨는 그 당시 캐나다 군이 가평전투에서 사용했던 무기들의 사진을 보여주면서 그 무기들이 얼마나 가공할만한 위력을 가지고 있는 것들인가를 설명했다. 각종 소총과 단총, 경기관총, 중기관총, 기관포, 화염방사기 등 보지도 못했고, 이름조차 알 수 없는 중화기들의 사진을 보며 그때의 캐나다 군은 지금처럼 평화사절단 아닌 최강의 무기로 중무장한 최정예 전투요원들로 구성되어 있었음을 실감할 수 있었다.

최후까지 싸우려는 생각밖에 없었다

윌리엄 클라이슬러씨가
가평전투에서 사용했던 Cll 50 기관단총

김 그 무기들을 사용한 결과는 어땠나요?

윌 떼를 지어 기어오르는 적들을 향해 우리는 쉬지 않고 방아쇠를 당겼습니다. 그러나 적들도 포기하지 않고 계속하며 물려왔습니다. 죽어 넘어지는 전우들의 시체를 타고 넘으며 산등성을 기어오르는 적병들을 향해 기관총을 쏘아대면서 펄펄 날뛰던 사람들이 총알을 맞고 시체로 변하여 이름 모를 산골에 쌓이는 장면을 보며 그 무엇과도 바꿀 수 없이 귀한 사람의 생명이 이처럼 쉽게 사라질 수도 있으니 참으로 허무하다는 생각이 들었지만, 그런 생각에 몰두할 수 없게 중공군의 공격은 치열하기만 했습니다.

김 (오랜 세월이 흘렀지만 일단 말을 시작하니 당시의 상황이 눈에 선한지 멈출 기색을 보이지 않고 말을 이어하는 그에게)쏘고, 또 쏘아도 물러가지 않고 달려드는 적들을 보면서 두렵다거나 이러다간 남의 나라에서 죽을 수도 있겠다는 생각이 들지는 않았습니까?

윌 두려움 같은 것은 느낄 틈조차 없었습니다. 어떻게 해서든지 중공군의 공격을 막아야 한다는 생각에 탄창을 갈아가며 사격을 계속했을 뿐입니다.

김 아군의 피해는 어떠했습니까? 부대원들 중에서도 전사자가 속출했나요?

윌 싸울 때는 그런 것을 확인할 여유도 없었습니다. 그러나 적의 공격이 중단되는 순간마다 주위를 돌아보았는데 우리 부대에 큰 피해는 없는 것 같았습니다. 하지만 나중 알게 된 사실이지만 우리 좌측에서 싸웠던 호주 군은 상당한 손실을 입었습

중공군과 교전 중인 캐나다군 – 사실에 근거한 상상도

니다.

김 탄약은 충분했습니까?

윌 아닙니다. 탄약이 떨어졌었지요. 그러나 탄약이 바닥나기 시작하자 부대장의 긴급지원요청으로 전투기들의 호위를 받으며 수송기들이 탄약, 씨 레이숀, 의약품들을 낙하시켜 주어서 실탄이 없어 낭패를 보지는 않았습니다.

김 전투 중에 혹은 적의 공격이 뜸해지는 시간에 '왜 내가 남의 나라에 와서 목숨을 걸고 싸워야 하는가?'에 대한 회의나 후회는 없었습니까?

윌 말씀 드렸듯이 저는 상부의 명령으로 한국전에 참전한 것이 아니고, 한국을 위해 싸우려고 자원 입대한 사람입니다. 따라서 캐나다 군인답게 명령에 복종하여 최후까지 싸우려는 생각밖에는 없었습니다.

부대장의 사수명령
"우리에게 후퇴는 없다. 여기서 싸우다 죽을 뿐이다."

김 조국인 캐나다를 위한 싸움에는 당연히 목숨을 걸어야겠지만 잘 알지도 못하는 한국을 위해 싸울 결단을 한데는 세계의 자유와 평화를 위한다는 큰 목적 같은 것이 숨어 있었습니까?

윌 솔직히 말해 '인류의 자유와 평화를 위한다.'는 사명감 같은 것은 제게 없었습니다. 다만 군인의 기본임무인 명령에 복종하여 싸운 것뿐입니다.

김 가평전투에 임하면서 부대장으로부터 특별한 명령이나 훈시를 받지는 않았습니까?

윌 네. 받았습니다. 중공군의 공격이 시작되기 전에 중대장이 부대원들에게 말했습니다. "우리에게 후퇴는 없다. 여기서 싸우다 죽을 뿐이다."라는 명령이 있었습니다.

* 이 말을 듣고 부하 장병들에게 상관으로서 단호한 명령을 내리면서도 군인의 본분을 분명하게 일러주며 그 임무를 끝까지 수행해야 한다고 훈시한 그 중대장을 만나보고 싶은 강한 충동을 느꼈다. 그래 그와 연락이 되는가 물었더니 가끔 소식을 주고받았는데 몇 년 전에 세상을 떠났다고 했다.

김 정말 후퇴는 없었습니까?

윌 천만에요. 탄약과 식량을 공급받은 우리는 용기 백배하여 우리가 있는 고지를 사수하며 물밀듯이 돌진해오는 중공군의 결사적인 공격을 격퇴시켰습니다.

* 적의 공격을 끝까지 막아냈다며 가평전투의 회고담을 마감하는 크라이슬러씨의 태도와 어조에서 667고지 사수의 임무를 완수했다고 부대장에게 보고하는 크라이슬러 이등병의 씩씩한 기백을 엿볼 수 있었다.

김 정말 뭐라 감사의 말씀을 드려야 할 지 모르겠습니다. 분명하게 말씀 드리고 싶은 것은 한국인들은 캐나다 참전용사들에게 진심으로 감사한 마음을 가지고 있습니다. 오늘날의 한국 발전도 캐나다 참전용사들이 아니었으면 불가능했다고 생각할 정도입니다.

윌 캐나다에 사는 한국인들이 한국전에 참전했다고 하면 우대를 잘 해주고 있습니다. 그래서 그런지 한국에는 가 본 일도 없는 사람들이 어디서 구했는지 훈장까지 여러 개 달고 한국전쟁에서 싸웠다며 "가짜 참전용사" 행세를 하는 사람들이 있습니다.

김 처음 듣는 얘기입니다.

윌 그런 사람들은 한국전참전용사 모임(한국전 참전용사회)에는 참석조차 못합니다. 그들은 한국인들을 따로 만나 그들의 무용담을(?) 늘어놓고 있습니다. 조심하셔야 합니다. 만일 신원이 의심스러운 사람들이 접근하며 참전용사행세를 하면 저에게 문의해 주십시오.

김 잘 알겠습니다. 한국전 참전용사들의 모임이 있습니까?

윌 물론입니다. '한국전 참전용사회'라는 모임도 있고 '한국전참전용사의 날'도 있습니다. 그 모임을 통해 같은 지역에 사는 회원들이 가끔 만나 옛날이야기를 하며 친교를 나누고 있습니다.

김 오늘 말씀 감사합니다. 건강하셔서 더 많은 말씀을 들려주시기 바랍니다.

윌 수고하셨습니다.

* 캐나다가 '한국전참전용사의 날'(Korean War Veterans Day)인 7월 27일을 국경일로 지정했다. 한인 동포 연아 마틴(Yonah Martin 한국명 김연아) 상원의원의 주도로 지난 2010년 6월 발의된 한국전 참전 용사의 날 법정기념일 제정 법안(Act Bill S-213)은 2013년 2월 상원에서 최종 통과된 뒤 연방 하원에서도 같은 해 6월 3일 의원 270명 전원이 만장일치로 찬성해 공식화 됐다. 앞서 미국이 2012년과 2013년을 '유엔 참전용사의 해'로 지정하긴 했지만, 국경일로 지정해 해마다 이 날을 기념하는 나라는 참전국 가운데 캐나다가 처음이다.
6.25당시 한국전에 참전했던 캐나다 군인은 모두 2만 6천여 명에 달한다. 미국과 영국 다음으로 많은 인원을 파병했다. 이들은 모두 전투병으로 이국의 낯선 전장에서 목숨을 바쳐 싸웠다. 이 가운데 516명이 전사했다.
살아있는 사람들은 대부분 캐나다 곳곳에 있는 재향군인 전문 요양시설에서 여생을 보내고 있다. 이들은 캐나다'한국전 참전용사회'를 결성해 한국전 관련 기념일과 현충일에 먼저 간 전우들을 기리고, 각종 행사에도 참석해 평화를 위해 싸운 용사들을 알리는 데 애쓰고 있다.
1951년 4월 22일부터 3일 간 계속된 가평전투에서 영국 군, 캐나다 군, 호주 군으로 편성된 영연방 27여단은 뉴질랜드 포병대의 포사격과 유엔군의 항공지원을 받으며 수적으로 5배나 많은 중공군의 공격을 막아내고 통쾌한 승리를 거두었다. 특히 캐나다 군은 667고지를 사수함으로 후퇴하는 국군 제6사단을 엄호하고, 경춘간의 주보급로를 확보하는데 결정적인 공헌을 했다. 한마디로 가평전투는 한국전쟁사에 길이 남을 전투였다. 이 전투의 승리가 수도 서울을 또다시 적에게 내어주는 수치스러운 일을 방지해 주었기 때문이다.
한국전쟁사는 물론 캐나다전쟁사에도 오래 기억될 가평전투에 참전했던 크라이슬러 씨와의 인터뷰를 끝내고 집안을 돌아보니 거실과 서재는 물론 부엌에까지 가평전투와 한국전에서 찍은 사진들로 가득했다.

김 (그 사진들을 둘러보며) 다른 사진들도 많을 텐데 어째서 한국전에 관련된 것들만 붙여 놓았습니까?

윌 (그는 주저하지 않고 대답했다.)한국전에 참전한 것은 내 생애 중 가장 의미 있는 기간이었습니다. 그리고 가평전투를 생각할 때마다 큰 보람과 기쁨을 느끼게 되기 때문입니다.

김 전쟁 중인 한국에서 보고 느낀 것들이 많을 텐데 무엇이 가장 기억에 남습니까?

윌 한국의 가난하고 어려운 형편에 정말 놀랐습니다. 하지만 이런 곳에 와서 내가 무언가 할 수 있다고 생각하니 기뻤습니다.

그러나 남루한 옷을 입은 한국의 어린아이들이 떼를 지어 우리를 따라오며 먹을 것을 달라고 손을 내미는 것을 보며 너무도 가슴 아팠습니다. 주머니에 있는 것들을 전부 나누어 주었지만 그 아이들의 굶주린 배를 채우기에는 너무도 부족했습니다.(이 대목에서 그의 음성이 조금은 떨리는 듯 하더니 눈물을 훔치기도 했다.)

한국인들과 대한민국을 위한 후원자가 되겠다

이은세 이사가 특별히 주문해 가지고 온 음식으로 저녁식사를 하면서도 여러 가지 이야기를 나누었다. 크라이슬러 씨는 가평전투를 치른 후에도 여러 전투에 참전했다고 했다.

1951년 11월에 캐나다로 돌아와 군복을 벗은 크라이슬러 씨는 건축업에 종사하기 시작했다. 그러다 1953년 독일태생의 여인과 결혼했다. 그녀가 1973년 타계하자 몇 년을 홀로 지내다 1970년 말기에 서울에 있는 Chicago Bridge Iron 이라는 건설회사에 파견되어 근무하게 되었다. 거기서 경리과에서 일하던 한국 여인 정경자씨를 만나 교제를 시작했다. 그러나 그들의 사랑이 열매 맺기까지는 상당한 진통을 겪어야 했다.

그때만 해도 한국 부모들이 서양사위를 맞아드리길 꺼렸으며, 정경자씨 부모도 사랑하는 딸을 캐나다로 떠나 보내기를 원하지 않았던 것이다. 하는 수 없이 정경자씨는 결혼에 필요한 서류를 작성하기 위해 인감도장을 아버지 모르게 사용했다고 한다. 이 같은 우여곡절을 거쳐 1979년 7월 16일 결혼식을 올린 두 사람은 이듬해인 1980년 4월 25일 캐나다로 와서 지금 살고 있는 Port Erie에 삶의 보금자리를 마련했다.

상업고등학교를 졸업하고 활동적인 정경자씨는 Port Erie에 있는"통관사무소"에서 25년 째 통관사무를 보고 있다. 그들 사이엔 35세 된 아들이 있는데 서울에서 영어선생을 하고 있다고 한다. 아들은 일 년에 한 번씩 부모를 만나려 캐나다에 오는데, 금년에도 8월에 오면 나이아가라 지역의 참전용사들을 초대하여 벌판처럼 넓은 그의 집 뒤뜰에서 바비큐 파티를 한다며, 그때 연락할 테니 꼭 와 달라는 당부를 잊지 않았다. 그 날이 아니더라도 그 지역에 사는 한국전 참전용사들이 가끔 만나 옛날이야기를 하며 친교를 나눈다고 했다.

자리를 뜨기 전 캐나다에 사는 한국인들에게 하고 싶은 말이 없느냐고 물었다. "저는 1950년대에 한국이 얼마나 빈곤하고 어려운 상황에 처해 있었는가를 직접 보아서 잘 알고 있습니다. 그런데 지금 한국은 세계선진대열의 선두에 서는 경제 강국으로 성장했습니다. 참으로 놀라운 일이 아닐 수 없습니다. 한국인의 근면함과 강인한 인내심 그리고 끈질기고 강한 추진력은 정말 감탄할 만합니다. 여기 살고 계신 한국인들에게도 존경과 경의를 표합니다. 대다수의 한국인들이 맨손으로 모든 것이 생소한 이곳에 와서 여러 가지 악조건들 속에서 불철주야 일했습니다. 그 결과 많은 분들이 원주민보다 월등한 경제력을 쌓아 올리고, 사회적 기반까지 마련하였습니다. 경탄할 일입니다. 미약하지만 앞으로

윌리엄클라이슬러씨와 정경자씨 부부

이처럼 부지런하고 열정적인 한국인들이 하는 일에 협조하며, 한국이 더욱 성장하고 발전할 수 있도록 응원의 박수를 보내겠습니다."

68년 전 우리의 조국 대한민국의 위기를 구해주기 위해 자원하여 군에 입대하여 우리나라를 위해 싸워주었고, 인생의 황혼기에 도달한 지금에도 이곳에 사는 한국인들과 대한민국을 위한 후원자가 되겠다는 캐나다 인이 우리 주위에 있음을 확인한 기쁘고 흐뭇한 마음으로 어두운 밤길을 달려 토론토로 돌아왔다.

Korea

특집 2

우리들의 이야기

애국지사기념사업회(캐나다) 주최 문예작품공모 입상작(2011년 ~ 2017년)

기념사업회는 2011년부터 매년 애국지사관련 문예작품을 공모 시상해오고 있다. 2017년 현재 약 40여명의 동포들이 이 공모전에서 수상했다. 그 일부를 소개한다.

- **김석광**(토론토) / 애국지사인 나의 할아버지의 삶
- **박성원**(노스욕) / 태극기 단상
- **유로사**(토론토) / 외할머니의 6.10 만세운동
- **윤종호**(토론토) / 백범 김 구와 〈나의 소원〉
- **이경민**(오롤리아) / 우리에겐 더 이상 애국지사가 없는가?
- **이은세**(세인트 캐서린) / 문인 애국지사들을 기리며
- **이은정**(몽턴) / 순국의 혼이 깃든 나의 조국 대한민국
- **이지연**(PEI) / 나는 한국인이다
- **장인영**(토론토) / 내 마음 속 어른님 벗님
- **정낙인**(오타와) / 역사를 잊은 민족에게 미래는 없다
- **정유리**(Aurora High School) / 자랑스러운 한국
- **정재관**(토론토) / 부끄럽지 않은 역사와 숨은 애국지사
- **이신실**(토론토) / 애국지사의 마음

애국지사인 나의
할아버지의 삶

김 석광(토론토)

나의 할아버지 김형구(金瀅九)는 1879년 4월 10일 강원도 이천에서 출생하셨습니다. 할아버지께서는 일제강점 시 강원도 이천군 이천면 탑리에서 동아일보 이천 지국장으로서 독립운동에 앞장스셨다고 아버지께서 말씀하셨습니다.

할아버지께서는 일제로부터 조국의 광복을 위하여 여러모로 독립운동을 하시다가 잡혀서 모진 옥고를 치르셨답니다. 실제로 나는 할아버지께서 8개월 동안 형무소에서 수감생활을 하신 기록을 발견했습니다. 그 후 나는 할아버지의 독립운동 행적과 증거자료를 찾기 시작했습니다.

국회도서관을 비롯해 독립기념관에 갔을 때였습니다. 독립기념관에서 할아버지의 사진이 걸려있는 것을 보고 깜짝 놀랐습니다. 왜냐하면 그 사진은 1923년에 창립한 조선민립대학기성회(朝鮮民立大學期成會) 사진으로 내가 소장하고 있는 사진과 똑같았기 때문입니다.

민립대학설립운동은 1920년대 초 한국인들이 스스로 대학을 설립하고자 이상재, 조만식, 윤치호 등 지도자들의 주도로 일으킨 일제 강점기의 시민사회운동이었습니다. 전국적으로 확산되었던 이 운동은 교육을 통해 독립을 달성하려는 독립운동이었습니다. 이 운동에 할아버지께서는 강원도 이천지역 대표로 활동하셨습니다.

국가보훈처의 기록에 의하면 "김형구(할아버지께서)는 1919년 3월 3일 강원도 이천군의 만세시위에 참가하는 한편, 1923년에는 조선민립대학 기성회에 참가하면서 독립운동을 전개하였다."면서 "이천 천주교(?)구장이었던 김형구는 3.1운동 당시, 3월 3일 평강 천도교로부터 독립선언서를 전달받아 이천군 내에 배포하여 이천의 만세운동에 불을 댕기는 역할을 주도적으로 하였다"고 기록되어 있습니다. 이때 많은 분들이 희생되거나 옥고를 치렀습니다. 할아버지도 예외는 아니었습니다. 할아버지께서는 당시의 보안법 위반으로 체포되어 1919년 4월 11일 경성지방법원에서 징역을 받고 옥고를 치르셨습니다.

그 후 일제의 살벌한 감시와 핍박, 옥살이 할 때 겪어야 했던 할아버지의 육체적 정신적 아픔들, 그리고 이로 이한 가족들의 고난들을 저의 부모님으로부터 직접 전해 들었습니다. 특히 감옥소에서 할아버지께서 고문을 당하셨던 이야기는 잊을 수가 없습니다.

일본 순사들이 독립운동 내막과 동지들을 대라고 할아버지를 협박하며 며칠간 밥을 굶기면서 구타와 다리에 주리를 트는 고문을 자행했다고 합니다. 나중에 할아버지가 당했던 그 고문이 "가새주리"라는 고문임을 알게 되었습니다. 이 고문은 두 무릎과 두 엄지발가락을 꽉 잡아매고, 그 사이에 두 개의 몽둥이를 끼워서 빼가

활의 등처럼 휠 때까지 서로 반대 방향으로 당기는 고문을 말합니다. 이외에도 여러 가지 혹독한 고문으로 인하여 할아버지는 뼈가 부러지고 피와 골수가 몸 밖으로 흘러나왔다고 합니다. 하지만 그런 옥고를 치르면서도 강직한 성품이셨던 할아버지는 결코 불의와는 타협하지 않으셨다고 합니다. 오히려 감옥 안의 다른 죄수들에게 독립정신을 고취시키는 등 불굴의 투지로 그들과 맞섰다고 합니다. 그래서 간수로부터 특별제재를 당하시면서 갖은 고초를 모질게 겪으셨다고 합니다.

수년간의 옥고를 치르시고 나서도 할아버지께서는 전술한 바와 같이 조선민립대학기성회에서 활동하셨습니다. 예를 들면 당시 동아일보이천지국장(동아일보사에서 직접 확인하였음)으로서 언론과 교육 등을 통해 일제와 싸우시며 끊임없이 독립운동을 해오셨습니다. 그러나 안타깝게도 할아버지께서는 처참했던 옥살이의 후유증으로 인하여 많은 세월 동안 고통을 받고 사셔야만 했습니다. 그러다가 그는 꿈에 그리던 조국의 독립을 보지 못하시고, 1944년 고문 후유증인 병환으로 세상을 떠나셨습니다.

할아버지 때문에 당해야만 했던 우리 가족의 불이익과 아픈 이야기들도 결코 잊을 수가 없습니다. 할머니는 할아버지께서 옥고를 치르실 때마다 남편에게 가해지는 극한 환경과 고문의 자국을 직접 보시고 자녀들과 함께 괴로워하셨답니다. 할머니는 남편이 아내와 가족들을 돌볼 수 없는데다가, 독립운동가의 가족이란 이유로 철저한 감시와 멸시 그리고 모진 박해를 받으며 살아야 했기 때문에 눈물이 마를 날이 없으셨답니다.

그런 가정환경에서 태어나 자란 탓인지, 나는 수많은 애국지사들이 순국한 사건들을 접할 때마다 나의 할아버지께서 직접 겪으셨던 일처럼 느껴집니다. 또한 그런 현실에 직접 부딪히며 살아왔던 부모님들의 삶이 아프게 전달해 와서 가슴이 쓰려옵니다. 이런 감정은 생존해 계신 어머니(93세)가 증언하실 때마다 일본에 대한 분노가 극도에 이르게 됩니다.

어머니는 지금도 할아버지의 독립운동으로 인하여 할아비지 한 개인과 그의 가족들이 얼마나 참담한 삶을 영위했으며, 얼마나 숱한 대가를 지불해 왔는지를 생생하게 증언하십니다. 지면관계상 고난 당한 숨겨진 이야기들을 다 기록할 수가 없음을 유감으로 생각합니다.

우리 한 가정이 상속받은 아픔이 이렇게 큰데 우리의 현실은 어떻습니까?

언제부턴가 고등학생들이 사용할 한국사 교과서(8종을 분석한 결과) 절반 정도에선 유관순 이름조차 찾아볼 수 없다는 보도를 접하였습니다. 3. 1 운동하면 가장 먼저 생각나는 유관순 열사뿐 아니라, 항일 독립운동의 대명사인 안중근 의사도 마찬가지로 단 한 문장으로 소개되거나 아예 생략된 교과서도 있다는 겁니다. 어느 국민이나 역사를 곡해하거나 잊으면 망하든지 그 나라의 기반과 공의가 제대로 설 수 없습니다. 이토록 나라를 구하기 위하여 갖은 고난을 당하거나 목숨까지 바친 순국열사들을 애써 외면하거나 평가절하하려는 일부의 모습들을 보노라면 개인적으로 정말 가슴이 아픕니다.

독립유공자는 일제로부터 우리의 자유를 찾기 위해 국내외에서 애국활동을 하신 분들입니다. 우리 선조들은 일본제국주의 지배로부터 나라를 되찾고, 자유민주적 기본질서의 토대 위에 나라를 세우고, 북한의 남침에 맞서 나라를 지키고자 피와 땀과 눈물을 바쳤습니다. 이러한 선열들의 숭고한 애국정신 아래에서 현재 자유대한에 사는 우리 후손들이 평안을 누리고 있음을 잊어서는 안 된다고 확신됩니다. 그리고 이러한 애국 애족의 정신들이 우리와 우리 자손들에게 항구적으로 존중되기를 간절히 바랍니다. 이런 취지에서 나의 할아버지의 알려지지 않은 삶과 독립운동활동을 소개하여 드릴 수 있음을 매우 기쁘게 생각합니다.

태극기 단상

박 성원(노스욕)

언젠가 영화 "국제시장"을 보면서 모국에서의 지난날을 돌아볼 시간을 가졌었는데, 주인공 부부가 다투다가도 국기하강식을 맞닥뜨리자 어색하게 국기에 대한 경례를 하는 장면이 인상적이었다. 오늘날에 비해 그 시절의 태극기는 나름 대접을 받았다고 생각된다.

승리의 기쁨에 충만해 손을 흔들며 운동장을 도는 선수의 등에 걸쳐진 태극기는 우리를 더불어 기쁨에 동참케 한다. 타국살이에서 만나는 태극기는 늘 예사롭지 않은 감정이 수반되는데, 이곳 토론토에서 만난 몇몇 태극기는 내 마음 속에 아쉬움으로 펄럭인다.

재작년 성탄절 무렵 나선 산책길에서 만난 태극기

눈 얼음의 무게를 이기지 못해 부러진 나뭇가지들로 인해 인도가 막혀 조심스레 차도로 내려서며 살펴 본 인도를 끼고 있는 그 집의 현관 유리에 후질근하게 걸려있는 태극기. 유독 그 집은 자신들의 드라이브웨이의 눈조차도 치워져 있지 않았다. 그 때 문득 도산 안창호 선생이 떠올랐다. 1910년대 미국 로스엔젤레스에 정착하셨던 당시, 교민들의 가정을 집집이 방문해 집 안팎을 깨끗이 청소해주고 천을 끊어 커튼을 달아주고 화단을 만들어 주는 등 교민들의 청결의식을 고무시켰던 도산선생이 그 집에 걸린 태극기와 오버랩이 되었다.

개인 업소에 걸린 태극기

업소 입구 시멘트 벽에 야트막하게 걸린 태극기는 군데군데 손자국이 더럽게배어 있을 뿐 아니라 그 아래 쓰레기통이 놓여 있다. 개인 집이든, 개인 업소이든, 대한민국의 상징인 태극기를 무시로 걸어둘 요량이면 청결은 물론이고 조국을 대표한다는 각오를 갖고 게양함이 마땅하다고 생각한다.

올해는 광복 70년이 되는 해이다. 지난했던 질곡을 딛고 세운 우리의 모국 대한민국이 70 성상을 맞는 8월이 다가옴에, 잠시 그간 느꼈던 태극기에 대한 아쉬움을 나눠본다.

외할머니의 6.10 만세운동

유로사(토론토)

일찍 돌아가셔서 한 번도 만난 적 없는 외할머니 이야기를 해보려고 한다.

내가 어렸을 때 외할머니에 대해 궁금해서 이모와 어머니께 여쭈어보면 언제나 같은 대답으로 "그림을 잘 그리셨다. 바느질을 잘하셨다. 학교 선생님이셨다." 라고 말씀하셨다.

어느 날 내가 성인이 되어 똑같은 질문을 했을 때 지금까지와는 다른 처음 듣는 이야기를 해주셨다. 어머니는 먼저 6.10 만세운동을 아느냐고 물어보셨는데 나는 부끄럽게도 3.1 만세운동 밖에 몰랐다.

1926년 6월 10일, 마지막 황제 순종의 국장일에 중앙고보와 중동학교 학생, 연희전문학생, 경성사범학교 학생 등 중등학생과 대학생 중심으로 독립만세를 부르며 격문을 살포하는 등 대규모 만세시위를 벌였는데 일제가 7000여명에 이르는 병력을 투입해 서울에서 210여명, 전국적으로 1000여명의 학생을 체포했다고 한다. 이들 학생 중 취조 받은 학생이 106명, 수감된 학생이 53명이었는데, 어느 정도 시위가 가라앉자 이들 대부분을 석방하였다고 한다. 6.10 만세운동은 3.1 만세운동의 뒤를 잇는 대규모 학생 시위로 3년 뒤인 1929년 광주학생항일운동으로 이어지며 독립운동이 계속 되는 계기가 되었다.

그 때 서울에서 잡혀가서 취조 받은 학생 106명 중에 한 명이 바로 우리 외할머니였다. 당시 숙명여자고등보통학교 학생이던 외할머니는 학교 선배들과 함께 치마폭에 태극기를 숨겨 나르는 일을 하며 6.10 만세운동에 참여하였다가 붙잡혀 고초를 당하셨다는 것이다. 검거되어 엉덩이에 인두로 고문을 받았는데, 그때 외할머니 나이 13살이었다.

외할머니가 겨우 풀려 나와 집으로 돌아왔을 때 어른들이 소문날까 쉬쉬하며 잠결에 요강 인 줄 알고 화로에 앉아 화롯불에 데였다고 말하라고 입 단속을 시켰다고 한다. 13살 소녀의 나이가, 그 소녀의 몸에 남은 상처가 내게 가슴 아프게 다가와서 눈을 질끈 감았다. 소녀가 겪었을 육체적 고통과 정신적 고통이 상상만 해도 끔찍하다. 할 수 있다면 그 소녀를 만나 너의 잘못이 아니라고 말하며 꼭 안아주고 싶다.

어머니께서는 또 다른 이야기 하나를 덧붙이셨다.

외할머니는 몸에 남은 선명한 인두 자국이 부끄러워 평생 공중목욕탕에 못 가셨다고 한다. 정의감에 불타는 어린 소녀가 겪은 평생을 지고 간 상처가 영광스러운 훈장이 될 수 있었을 텐데, 오히려 피해자였던 외할머니에게는 부끄러운 낙인이 되어버렸다.

도대체 왜 나라를 사랑한 13살 소녀가 수치심을 안고 평생 고개를 숙이고 살아가야만 했을까. 정작 부끄러운 일을 한 사람들은 따로 있고, 그들의 후예들은 일말의 부끄러움 없이 살아가는데...

그 후 외할머니는 조용히 학교를 졸업하고 고향에서 소학교 학생들을 가르치셨다고 한다.

6.10 만세운동에 대해 조사하다가 고문의 형태와 일본이 얼마나 잔인 무도했는가 하는 사실을 새삼 알게 되었다. 용서는 하되 잊지는 말자는 말이 다시 한 번 가슴속에 깊게 와 닿는다. 학교에서 배운 독립운동가 유관순 열사, 안중근 의사, 윤봉길 의사, 도산 안창호 선생님 외에도 나라의 독립을 위해 목소리를 내고 작은 힘을 보태었던 외할머니처럼 이름이 알려지지 않은 1000여명의 용기 있는 학생들이 있었다는 사실을 잊지 않겠다. 나라 잃은 슬픔 속에서 나라를 되찾기 위해 노력하고 어떻게 살아야 할까를 고민 했던 분들이 계셨고, 그분들 덕분에 현재의 대한민국이 있다고 생각한다.

1910년부터 1945년까지 우리나라가 일본제국주의에 의하여 식민통치를 당한 치욕적인 35년이 지나 올해로 광복 72주년을 맞고 있지만, 일본은 독도 영유권을 주장하고 있다. 위안부 문제는 해결되지 않았고, 1940년대 조선인 강제 징용이 대규모로 이뤄진 일본의 (하시마 섬, 군함 모양을 닮아 군함도라 불림.) 군함도는 2015년 7월 유네스코 세계유산에 등재되기까지 했다.

나라를 되찾기 위해 목숨을 걸고 독립 운동을 했던 조상들의 노력이 헛되지 않게 지금 우리가 반드시 해결해야 할 이 시대의 과제들은 무엇인가 바로 보아야 할 것이다. 다시 광복절을 맞아, 1926년 6월 10일 대한독립 만세를 외치던 13살 소녀. 외할머니를 회상하며 '우리는 더 나은 사회를 만들기 위해 어떠한 노력을 해야 할까?' '캐나다에 거주하고 있는 우리 한인 후손들에게 대한민국 역사를 어떻게 가르쳐야 할 것인가?' 라는 질문을 마음에 남기며 다시 한 번 6.10 만세운동을 기억해 본다.

백범 김구와 "나의 소원"

윤 종호(토론토)

김 구(金九 ; 1876-1949)는 황해도 해주 출신으로, 본관은 안동이요, 호(號) 는 백범(白凡)이다. 아명은 창암이요, 본명은 창수(昌洙)다. 감옥살이 하며 '왜놈의 호적부에 기재되어 더럽혀진 이름을 쓰기 싫어서' 구(龜)로 바꾸고, 후일 다시 개명하여 구(九)라고 했다. 인조. 효종대의 왕실 인척이요 정승이던 김자점이 그의 방계조로서 본래 양반의 혈통이었으나, 김자점 부자가 효종의 북벌계획을 청(淸) 나라에 알린 일이 탄로나 역적으로 처형되며 멸문의 화를 당했다. 그의 11대조가 가솔을 이끌고 신분을 감춘 채 송도를 거쳐 해주 변두리에 흘러 드니, 이후 빈한한 상민으로 전락해 천대 받고 살던 가문에서 자랐다.

그는 어렸을 적 한학(漢學)을 잠시 수업 받은 외에 정규 학교의 신학문 교육은 받지 못했다. 18세에 동학혁명의 소년 접주로 선봉에 나서 구국활동에 뛰어든 이래 70여 년의 생애 동안 오직 조국광복의 일념에 모든 것을 걸고 몸과 마음을 불사른 독립운동계의 거두다. 우리나라가 일제의 병탄(倂呑)을 당함에 조국광복을 위해 민족의 제단(祭壇)에 몸바친 의사. 열사가 허다히 나왔지만, 그 중에서도 김 구는 독립투쟁의 총수요 상징적 인물이다. 백범이 우리 헌법 전문에 그 법통을 계승한다고 명시한 대한민국 임시정부의 주석(主席)이었다는 외형적 이유만은 아니다. 조국독립을 자신의 생명. 가치관의 전부로 삼고, 오로지 그것을 위해 70 평생을 고스란히 바친 그의 영웅적 행적이 더해졌기 때문일 것이다.

백범은 위인들 중에서도 드물게 보는 믿음의 큰 덕과 높은 인품을 갖춘 인물이다. 독립투쟁의 생명을 위협받는 상황에도 그는 계산적 술수 보다는 진실된 정경대도(正經大道)를 걸었음은 범인(凡人)이 흉내조차 낼 수 없다. 이런 그의 성품과 그가 생전에 막아보려고 그토록 애태우던 조국분단이 오래 지속되면 될수록 세상은 더욱더 백범의 이상적. 원칙적 주장을 생각하게 되며, 오늘날은 통일혼으로 백범을 다시 그리워하게 된다.

시인 이은상은, "우남 이승만은 정치가로서의 독립운동자였으며, 현실을 방편으로 한 나머지 현실에 안주하다가 불행한 최후를 맞았고, 이에 대비되는 백범 김 구는 혁명가로서의 독립운동자였으며 원칙만을 부르짖고 현실을 무시하다가 불행한 최후를 맞았다." 고 두 위인을 특징적으로 비교 설명했다.

〈나의 소원〉은 1947년 12월 탈고한 김구의 자서전 〈백범일지(逸志)〉의 뒷부분에 실린 16쪽의 글로 조국의 바람직한 미래상에 대한 그의 소박한 희망과 오랜 독립운동 과정에 체득한 정치철학을 녹인 명문(名文)이다. 1. 민족국가 2. 정치이념 3. 내가 원하는 우리나라 등 세 부분으로 구성돼 있다.

첫째 부분인 '민족국가' 에서 우리는 백범의 우렁찬 목소리에 실린 그의 뜨거운 애국단심과 만난다. "네 소원이 무엇이냐 하고 하느님이 물으시면, 나는 서슴지 않고, '내 소원은 대한독립이요.' 하고 대답할 것이다. 그 다음 소원이 무엇이냐 하면, 나는 또, '우리나라의 독립이요' 할 것이요. 또 그 다음 소원이 무엇이냐 하는 셋째 번 물음에도 나는 더욱 소리 높여서 '나의 소원은 우리나라 대한의 완전한 자주독립이요' 하고 대답할 것이다." '제갈량의 출사표를 읽고도 울지 않으면 충신이 아니다.' 는 말처럼, 백범 김 구의 '나의 소원'을 읽고 울지 않는 이는 애국심을 의심받을 수밖에 없다고 생각한다.

둘째 부분의 정치이념은 언론자유를 바탕으로 한 자유민주주의, 의회민주주의 정치체제를 가장 소망스럽게 생각하여, 어떠한 경우에도 독재정치가 출현하지 않도록 조심할 것을 강조한 것이다. 흡사 그 이후 반세기에 걸쳐 대한민국에 지속될 독재정치를 예견이나 한 듯이 간곡한 당부를 하고 있다.

셋째 부분인 '내가 원하는 우리나라' 에서, 백범은 우리가 공원의 꽃을 꺾는 자유가 아닌 꽃을 심는 자유를 지니고, 가족과 이웃과 나라에 주기 위해 저마다 부지런히 일하며, 남의 것을 모방하기 보다 새로운 창조의 근원이 되는 최고문화를 이룩하여 세계발전에 기여하자고 제시한다. 그리하여 인의와 화합으로 사랑이 넘치는 사회, 즉 세상에서 가장 가장 아름답고 모범이 되는 문화대국을 건설하자고 주장한다.

김 구는 신식교육을 받지 못하여 '국제정세에 어두운 사람'으로, 또는 '비현실적 보수적 테러리스트' 라며 그를 폄하하는 약삭빠른

테크노크라트들도 있다. 그런 이들도 백범의 〈나의 소원〉을 읽으면 말뿐 아니라 온몸으로 행한 그의 뜨거운 겨레사랑, 나라사랑의 열정이 전해와 가슴 아리고 눈물 어린 감동은 피하지 못할 것이다. 해방직후 살벌한 좌우 이념 싸움과 미군정의 어수선한 과도기에 새나라 건설의 청사진으로 '미래세대 교육의 중요성'을 강조하고, '민족문화의 창달을 통해 세계의 모범국가로 나아가자'고 외치는 목소리는 신선하고 돋보인다. 당시에도 선진국에서 신학문을 닦은 이들은 많았지만, 그만한 혜안을 지닌 이론이나 지도철학을 펼친 민족지도자는 없었다. 겉 보기에 거칠고 투박지며, 오랜 반일투쟁의 삶이 주는 살벌한 이미지와는 너무나 다른 느낌의 이 글을 읽으면, 백범이 오랜 세월 침략자의 혹독한 시련을 받은 사람 같지가 않다. 그랬기에 뒤틀리고 좁아진 심사가 아니라, 그럼에도 불구하고 중심 잡히고 따뜻하며 활달한 뜻을 풀어 낼 넉넉한 마음을 갖고 있었음이 확인된다. 그는 구정물과 뻘 벹에 피어난 한 송이 연꽃이다.

백범이 이 글을 쓴 때로부터 70년이 흘렀지만, 그 때 이데올르기의 희생양이 된 한반도는 아직도 세계유일 분단국으로 남북이 첨예한 대립상태에 있다. 북쪽에선 다른 곳에서 25년 전에 끝난 공산주의 완전독재체제를 교묘히 변용해 인민을 극도로 억압하는 '3대 세습'의 공산왕조를 지속시키고 있다. 남쪽은 그간 어려운 여건을 무릅쓰고 합심 노력하여 자본주의 경제와 자유 민주주의 정치체제를 정착시켰다. 이제는 세계가 손꼽는 산업국으로 한국의 공업생산품이 세계시장을 누비며, 한국의 문화. 예술. 생활내용 등이 한류(韓流)라는 이름으로 이웃 일본 중국 동남아는 물론 중동 유럽

미주대륙에까지 전파되고 있다. 이러한 때에 백범의 투박한 모습이 한류의 넘실대는 물결 위로 비쳐 보이고 애국애족을 외치던 그의 우렁찬 목소리가 귓전을 때림은 어인 일인가?

김 구는 남. 북한에서 동시에 존경 받고 있는 유일한 인물이다. 그것은 1945년 시작된 분단체제가 그 이후 통일을 향해 한 발짝도 진전을 이루지 못 한데서도 원인을 찾을 수 있다. 김 구의 〈나의 소원〉이 다른 누구의 말이나 글 보다 울림이 더 큰 이유가 어디에 있을까? 〈나의 소원〉은 현학적 군더더기 없는 간명하고 높은 품격의 정치논설로서, 진실되고 영웅적인 백범의 일생 행적이 뒷받침하니 우리의 심금을 울린다. 평생 생각과 말과 행동을 일치시키려 애쓴 백범의 도덕성 높은 인품이 거짓과 불신이 판치는 오늘을 사는 우리들에게 귀감이 되고 힘찬 감동을 안겨준다. 애국 애족을 입에 올리는 자 그 누구든 겨레의 큰 스승인 백범 김 구란 거울에 자신을 비춰 볼 일이다.

踏雪野中去 不須胡亂行 今日我行蹟 遂作後人程

(눈 덮인 들판 길 걸어갈 때, 함부로 걸어가지 말 일이다, 오늘 내가 찍은 발자국은, 뒤에 오는 이의 이정표가 되리니).

백범이 좌우명처럼 즐겨 쓰던 이 글은 그의 진실된 생활태도와 신념을 여실히 드러내어, 그를 기리는 후세 사람들에게 추모의 정을 새롭게 한다.

우리에겐 더 이상
애국지사가 없는가……?

이 경민(오타와 칼튼대)

1945년 8월15일, 우리나라에는 대한민국 국기가 휘날렸다. 드디어 36년간의 일제강점기를 벗어나 대한민국이라는 이름으로 당당히 살 수 있게 된 날이기 때문이다. 현대시대의 사람들은 아무리 일본에 대해 욕을 하고 억울해 해도 그 당시에 우리나라를 되찾기 위해 힘드시게 우시면서 싸우시던 애국지사들의 가슴앓이와 그 간절한 애국심을 알겠는가? 나 또한 일본을 매우 싫어하지만 그 당시의 애국지사의 마음을 다 알진 못 할 것이다. 지금 우리나라에겐 항상 꼬리표처럼 따라다니는 일본과 얽힌 많은 문제들이 있다. 위안부문제, 독도문제, 역사교과서, 동해 등등 문제가 있다. 위안부문제에 대해 할 말이 뭐가 있는가…… 정말 생각만 하면 분이 치밀어 오르고 눈물이 흐르지 아니한가? 독도문제를 어떻게는 국제사법재판소로 끌고 가려는 가깝고도 먼 일본의 수작도 마찬가지이고 역사교과서와 동해표기문제도 억장이 무너지고 억울한 일이다. 이러한 일본의 간계에 대한민국 정부도 끊임없는 노력과 심려를 기울이고 있지만 뜻대로만은 되지 않고 있다.

현재 Sea of Japan으로 표기 되어 있는 지도나 책들을 찾아 가까운 대사관이나 영사관에 신고하면 포상까지 해주는 걸로 알고 있지만 발 걷어 실천하는 대한민국 인이 몇이나 되겠는가? 모두들 SNS(Social Network Service)로 가끔 이러한 이슈들을 서로 링크하여 알리긴 하여도 그냥 그때뿐인 것 같다. 이러한 일들이 일제강점기 시대에 있었다면 분명 우리의 자랑스럽고 훌륭하신 애국지사들께서는 발 걷어 알리시고 실천하실 거라 장담하고 또 장담할 수 있다. 저 먼 만주벌판을 무대로 일본군과 온 힘을 다해 목숨을 내놓고 대한민국을 독립을 위하여 싸우신 애국지사들을 생각해보라. 그들이 현대시대에 있다면 가만히 있었겠는가!

물론 그 당시에도 애국지사만이 있는 것이 아니라 많은 친일파와 배신자들이 있었지만 애국지사와 그들을 응원하던 대한민국 인들이 었었기에 대한민국독립을 가능케 했을 거라 난 믿는다. 현재 누가 나서 이렇데 많은 문제에 당당히 싸우고 발 걷어 실천할 수 있는가! 모든 대한민국 사람이 아는 손기정 선수를 보라! 그는 어쩔 수 없이 일장기를 달고 1936년 올림픽에서 금메달을 따고도 월계수로 일장기를 가리고 시상식에 참가하며 인터뷰에서 대한민국인 이라고 외치던 모습을 떠올리고 상상하라! 정말 대단하지 않은가? 이러한 용기를 가지고 일본과의 문제에 대해 당당히 싸울 수 있는 청년과 애국지사가 지금 이 시간에는 없단 말인가?

당장 자기 자신을 돌아보며 조국을 위하여 뭘 하였는지를 다시 생각하기를 바라며 나 자신 또한 돌아보며 조국을 위해 뭘 할 수 있는지 많은 생각을 해봐야 할 것 같다. 조국을 위해 할 수 있는 것들은 무조건 많은 이들이 알아야만 하는 것이 아니라 독도문제를 친구들에게 알린다든지, 동해표기문제를 신고한다든지 등등이 있을 것이다. 자신이 한 일에 보람을 느끼고 대한민국을 생각하며 자랑스러워진다면 그것만으로도 당신은 조국을 위해 뭔가를 했다고 말할 수 있을 것이다.

이러한 사소한 문제라도 우리가 조금씩이라도 실천한다면 우리나라엔 많은 애국지사 청년들이 생길 것이라 장담한다. 애국지사가 없는 게 아니라 아직 활동하지 않을 뿐이라고 생각한다. 자랑스럽게 희생하신 애국지사들께 감사인사 드리며 우리의 예비 애국지사 청년들께 미리 감사 드립니다. 대한민국 사랑합니다!

문인 애국지사들을 기리며

이 은세(세인트 캐서린)

사람들은 곧잘 문인들을 "나약한 지성"이라고 비하를 한다. 하지만 "펜이 칼보다 강하다"는 것을 굳게 믿고 있다. 그 믿음 때문에 그 어떤 직업보다도 작가나 언론인에 대한 선호도가 높다.일제강점기시대의 문인들은 어떠했을까? 그때야 말로 "나약한 지성"과 "칼보다 강한 지성"이 극명(克明)하게 드러나던 시대였다.당시 일부 문인들은 자기 한 목숨 살리자고 나라와 민족을 배신하고 소위 친일하는 나약한 지성을 보였다. 그들은 평화롭던 시절에는 감동을 주는 글과 말로 국민들에게 존경을 받았다. 하지만, 일제가 되자 국가와 민족을 배반하고 일제의 입맛에 맞는 글질과, 연설로 우리나라의 역사와 문화를 왜곡되게 묘사하여 민족혼을 흐리게 하였다. 그뿐만이 아니었다. 그들은 일본의 대 아시아 침략전쟁 야욕을 채우기 위한 전쟁에, 우리의 젊은 청년들을 총알받이로 내모는데 앞장섰다. 아울러 꽃다운 우리의 누이들을 일본군의 정신대로 내모는데도 누구보다도 앞장을 섰다.시장 통이나 시골의 민초들까지도 나라와 민족을 지키기 위해 목숨을 걸고 나서서 싸울 때였다. 소위 지성인이라 자처하던 그들이 국민들의 여망을 배반하고 일본의 앞잡이가 되었던 것이다. 그런 부류의 문인, 학자들 때문에 모든 문인들을 "나약한 지성"이라고 싸잡아 비아냥거리게 되었다. 우리나라의 역사는 9.800여년에 이르고 있다. 이러한 사실은 고서들을 토대로 하거나 천문·과학적으로 검증되어 가고 있다. 이는 지구상에서 가장 오랜 문명으로, 아직까지 미스터리에 가까운 이집트 문명보다도 훨씬 앞서고 있다. 그런데 수백 년 전, 중국이 당시의 기술로는 검증이 안 된다는 약점을 이용, 우리나라의 5,000년 이전의 역사는 "신화"라고 치부하여 잘라버렸다. 나아가서 우리나라의 역사는 임진왜란을 전후해 간악한 일본의 정치, 역사학자들에 의해 꾸준히 왜곡되어 왔다. 특히 일제 36년간 얼이 썩어버린 "나약한 지성"들을 앞장세워 조선민족혼 말살정책의 일환으로 중국도 건드리지 못한 5,000년 역사마저 조직적으로 왜곡, 소삭하고 비하시켰다. 8.15광복만 해도 그렇다. 우리나라의 광복을 두고 친일파들은 우리나라가 독립 운동가들에 의해 해방된 것이 아니라, 연합군에 의해 구제된 것이라고 폄하하고 있다. 하지만, 하늘이 무심하지 않았다는 사실도 주목해야 한다. 온 세계 언론은 우리나라의 왕비인 명성황후를 살해한 것도 모자라 그 시신을 기름불에 태워버린 극악무도한 일본인들의 만행을 질타했다. 그럼에도 일본은 그 범인들을 무죄로 석방시켜 축하파티까지 열어주었다. 그 법정이 있는 히로시마에 원자폭탄이라는 불벼락이 떨어졌다. 단 10여 초 만에 수 십 만 명의 일본인, 즉 자신들이 살상되는 천벌을 받은 것이다. 그런데도 상(常) 왜놈들은 무모하고 잔악한 대동아전쟁에서 항복하고 달아나면서 "100년을 찾아도 (우리가)조선역사의 진실을 찾을 수 없을 것"이라고 망언을 했다. 그 망발에 장단을 맞추듯 해방이 된지 70년이 지난 오늘날에도 얼이 썩은 수많은 "나약한 지성"들은 곡학으로 일본을 찬양 추종하고 있다. 못 배운 민초들은 몰라서 그럴 수도 있다. 하지만, 소위 국가의 문화를 이끌어 가는 지성인이란 자들이 잃어버린 자기 나라의 역사를 찾기보다는 눈앞의 실익에 눈이 어두워 침략자 일본의 패악을 눈감아서야 되겠는가? 그런 행위는 개인적으로는 사기이고, 민족적으로는 배신, 매국임을 진정으로 깨닫고 "(죽어서도) 하늘을 우러러 한 점 부끄럼이 없기"를 바란다. 이와 같이 나약한 지성들이 대를 이어가며 호의호식하고 있을 때 "칼보다 강한 지성"의 문인들은 나라와 민족을 위해 말 그대로 몸과 마음을 바쳤다. 바로 "죽는 날까지 하늘을 우러러 한 점 부끄럼이 없기"를 "잎 새에 이는 바람에도 나는 괴로워했다"는 서시를 남기고 일제의 생체 실험실에서 죽어 간 윤동주 시인을 비롯해 이육사, 한용운…. 등이다. 이분들은 민족을 위해 "칼보다 강한 펜"과 몸으로 일본과 맞서 싸우다 장엄하게 산화하신 분들이다. 이분들이라고 목숨이 아깝지 않았고, 가족들의 안녕이 대수롭지 않은 길거리의 부랑아 같은 신분이어서 그랬을까? 결단코 아닐 것이다. 나라와 민족이 없는 삶은 살아도 죽은 삶이고 자신과 가족의 안녕도 보장받지 못한다고 믿었기 때문일 것이다. 천인공로 할 일제는 윤동주 시인의 시신을 마루타 실험재료로 썼다. 윤동주 시인은 그런 비참한 운명이었지만, 영혼의 정수인 그분의 얼은 우리에게 무엇보다도 귀중한 민족정신의 등대 같은 아름답고 비장한 "서시"를 남겼다. 또한 독립운동을 하다가 잡혀가 무려

17번이나 감옥살이를 하던 끝에 결국은 중국 북경의 감옥에서 순국하신 이원록 시인. 그는 감방의 수형번호인 264(이육사)를 지신의 호로 삼고 "나(李)를 찢어(戮) 죽여(死)도 나의 독립에 대한 의지는 꺾이지 않는다"는 칼보다 강한 의지로 국가와 민족을 지키려 했다. 이분들과는 반대로 민족을 배신한 "나약한 지성"들은, 외적에게 빼앗긴 나라에서 일신을 편안하게 살았다. 하지만, 그들의 비굴한 영혼은 우리민족이 사라지지 않는 한, '민족의 배신자'로 영원히 각인되고 기억될 것이다. 그들 스스로도 비굴한 반민족 행위가 무엇인지를 모르지는 않았을 것이다. 그러기에 살아서나 죽어서도 제대로 산 것이 아니라 지옥이었을 것이다. 소위 영혼인 얼을 다듬어 먹고 사는 문인이었다면, 영혼을 일본에 팔아먹고 천국처럼 살지는 못했지 싶은 것이다. 서구의 역사는 수 백 년까지 지속되는 끊임없는 전쟁의 역사였다. 하지만, 우리 대 조선은 하나님의 자손으로, 수 백 년에 한번 정도 외침을 당할 정도로 지극히 안정되고 평화를 누리며, 역사와 문화를 지켜 온 나라였다. 일제가 우리의 역사를 토막 내고, 뜯어 고치며 왜곡을 하기 전까지는 그랬다. 강한 지성의 문인들과 8.15 광복으로 우리는 안정과 평화를 되찾게 되었다. 그러나 나약한 지성들처럼 알량한 권위나 실익에 눈이 다시 멀게 되면 또 다른 국난을 당할 수도 있다. 또한 우리들 자신의 나태, 민족내부의 분열, 외적의 침략 등으로 또 다른 국난을 당할 수 있는 것이 역사이다. 그걸 '칼보다 강한 슬기'로 극복해 가는 노력, 이 또한 우리 민족의 저력인 것이다.그런데도 나약한 지성의 후예들은 여전히 문인이네, 공인입네 하며 활개를 치고 있는 것이 현실이다. 만약 나라가 국난에 당하게 되면, 이들은 타성에 젖은 대로 자신의 안위만을 위해 국가와 민족을 배신할 것은 자명한 일이다. 따라서 그런 "나약한 지성"들을 그대로 간과하게 되면 매국의 씨앗에 물을 주고 있는 것이나 다름이 없다. 그들에게 "칼보다 강한 펜"의 위력을 보여줘야 한다. 그들에게 "잎 새에 이는 한 점 바람에도 괴로워"할 줄 아는 애국적, 민족적으로 완전무장을 시켜야 한다. 특히 민족을 위해 목숨을 바치신 문인 애국지사들의 맑고 밝은 애국, 애족정신과 삶을 천 번 만 번이라도 가르쳐서 부끄러움을 깨닫게 하고, 우리 모두가 "칼보다 강한 펜과 영육"이 되어야 한다. 그 길만이 우리나라와 민족이 어떤 외침에도 끄떡없이 천년만년 번창하는 길이 될 것이다.몸과 마음을 바쳐 "칼보다 강한 얼"을 유산으로 남겨주신 문인 애국지사님들이시여! 썩은 얼들이 더 이상 썩어빠진 글질로 국가와 민족을 배신하지 않게 도와주소서. 그리하여 이 땅에 대대손손 평화가 깃들게 하소서!대한민국 만만세!!! 칼보다 강한 펜의 문인 애국지사님 만만세!!!

순국의 혼이 깃든
나의 조국 대한민국

이 은정(몽턴)

아직도 내조국은 분단이 된 채이구나! 아직도 친일 왜국 노들이 정치한답시고 애국지사인양 떠들어 대고 있구나!

그들은 한결같이 과거에 연연해하지 말자고 한다. 여전히 일본은 용서도 구하지 않았다.

애통하다.

이름도 없다. 우리를 기억하는 것은 오로지 조국뿐 이였다. 급속도로 세상은 무너지고 부서졌다. 강대국만이 설쳐대는 약육강식의 세상이었고, 우리는 이미 나라마저 잃어버렸다.

물려주신 조상의 강토를 제대로 지키지 못하고 일본에 짓밟힌 채 나라는 없어져 식민지 백성이 되어 버렸다. 그러나 우리가 원한 것은 아니었다.

나의 사랑하는 자손들에게 식민지 나라를 조국을 물려 줄 수 없었다. 영원히 못난 굴욕의 조상으로 남고 싶지 않았다. 참혹한 마음 한 자락을 눈물로 남겼다. 그리고 떠났다.

자신이 나고 자란 땅과 고향을 버리고 타향만리 아득한 만주 삭방 조국 없는 서러움, 힘없는 나라의 백성이 선택할 수 있는 길이란 너무나 미약했다.

어떤 이는 한 집안의 가장이고 아들이고 남편이었다. '나의 죽음을 알리지 말라' 는 위대한 죽음도 있겠지만 우린 역사 앞에 아무런 이름도 남기지 못하고 죽어갔다.

주먹밥 한 덩어리, 다 낡아 빠진 총 한 자루 누더기 옷이 다였다. 만주의 삭풍은 칼끝으로 살을 찌르며 뼈까지 파고들었다. 그러나 우리에겐 되찾아야 할 조국이 있었기에 인내할 수 있었다.

일본의 총칼 앞에 처참하게 죽어가는 동지 옆에서도 한 방울의 눈물도 흘리지 못했다. 우리에겐, 역사 앞에 자손들에게 당당하게 되돌려 주어야 할 조국이 있었기 때문이다. 오로지 물려주진 못했지만 조국은 오래전 광복을 찾았고 막힌 역사마다 힘들고 어려웠지만 오늘의 번영을 이뤘다.

그러나 물질은 오히려 정신을 피폐하게 하고 그 어디에도 정의를 찾아볼 수가 없다. 한참 정의로워야 할 젊음도 피 끓는 청춘의 열정도 없다. 정치인은 선과 악이 아닌 오직 정치적인 힘만이 국가의 번영에 가장 중요한 조건으로 내세우고 있다.

아직도 되돌려야 할 우리의 한 맺힌 절규가 남아있다. 아무도 기억하는 이 없다.

다 썩은 삭정이로 돌아온 우리의 누이들, 나물 캐다 일본 순사의 억센 손에 붙들려 현해탄 건너 타향 만 리 남의 나라 남의 땅에서 이리 밟히고 저리 밟히고 천 송이 꽃 백 가지 풀 다 시들어 사라진 뒤, 그들의 한을 누구에게 묻으랴!

용서를 받아내야 한다.

그것이 정의다. 그것이 과거의 청산이다. 우선 되어야 할 오늘의 현실이고 미래이다. 죽음을 불사한 우리들의 독립투쟁이, 유관순 누이의 독립만세가 결코 헛되지 않았다. 기억 되어야 한다. 젊은이의 정의가 가슴에 살아있고, 정치인의 옳고 그름이 바르게 따지고 들 수 있을 때, 어디에서나 당당할 수 있는 우리의 넋이 이어져 정신으로 살아 있을 때, 그 어떤 역사 앞에서도 떳떳할 수 있다.

아무리 그들이 강대국이라 한들… 그대들은 우리의 숨결과 이야기를 갈피마다 주워 담아 풀고 길러서 후손들에게 물려줄 마지막 세대이다.

나의 조국 대한민국, 나는 죽어서도 한국인이다.

나는 한국인이다

이 지연(PEI)

내가 캐나다에 온지 만 3년이 넘어가고 있다.

처음 이 땅을 밟았을 때 9월 어느 날 그 기분을 나는 아직도 잊을 수가 없다..

우리 가족이 정착한 이 캐나다 뉴브론즈윅의 세인트존이라는 작은 도시는 황량하고 한없이 쓸쓸하게만 느껴지는 작은 도시였다. 한국에서 아이들을 가르치며 접해왔던 캐나다라는 나라와는 정말 다른 이미지였다. 중 고등학교를 다니다 이곳에 온 큰 아이 둘은 주말마다 갈 곳이 없다며 투덜거리고 아무것도 모르고 온 막내 아이는 처음 맞이하는 강력한 캐나다의 겨울에 늘 감기를 달고 살았던 첫 해…

그런데 지금은 우리 가족 모두가 그렇게 그렇게 적응해가며 캐나다에서 살고 있다.

나는 첫해부터 한글학교 교사로 봉사를 시작했다.

영어로 받는 스트레스를 한국어를 가르치며 모두 풀어버리고 싶어 시작했다.

내가 가르치던 아이들은 이곳에서 태어나거나 아주 어렸을 때 이곳에 와서 영어가 한글보다 더 편한 아이들이 대부분이었다. 이 아이들에게 한국이라는 나라는 존재하지 않았으며 한글이라는 자체는 그저 제2외국어 배우는 것 외에 아무런 의미를 갖지 못했다.

너희는 어느 나라 사람이니? 라는 질문에 한 치의 망설임 없이

"이제 나는 캐네디언 인데요 우리 엄마가 그랬어요" (시민권을 받은 아이대답)

"나는 곧 캐네디언이 될거예요." (시민권준비하는 아이 대답)

한국에서 해외연수를 다닐 때마다 왜 우리나라는 이렇게 살지 못할까?

왜 우리나라 교육은 이렇게 엉망이고 힘들까? 나도 외국에 나가 살고 싶다.

우리 아이들도 외국에 나가 키우고 싶다. 간절했던 내겐 참 큰 충격을 주는 대답이었다.

아무리 외국이 좋아도 어떻게 우리가 캐네디언이 될 수 있을까?

그때부터 나는 한글학교 봉사에 대해 더 많은 열정을 갖기 시작했다.

그저 한글을 가르치고 배우게 하는 수업이 아니라 한국의 문화들을 알려주고 우린 죽어도 한국인임을 잊지 않아야 한다는 것에 중점을 두고 수업을 준비했다. 그러나 아주 어릴 적부터 이곳에서 살아온 아이들에게 한국은 그저 낯설고 작은 나라일 뿐이었고 한글은 그저 어렵고 힘들고 재미없는 언어일 뿐이었다. 그래도 매번 수업의 방식을 변경해가며 아이들이 참여할 수 있게 수업을 진행

했다. 그저 쓰고 읽는 수업이 아니라 생각하고 표현해 보고 그리고 발표도 해보고… 또한 그저 한글학교에 가서 일주일에 한번 하는 수업이 아니라 이민사회에 적응하느라 바쁜 아빠 엄마도 우리 아이들과 함께 할 수 있는 수업도 준비했다..

그렇게 3년차. 태어나 여름에 딱 한번 한국을 방문해 한국은 무지 덥고 짜증나는 나라고 한글은 왜 배우라고 하는지 올 때마다 심통과 짜증을 뿜어대던 아이 하나가 조금씩 변해가기 시작했다. 숙제를 해오고 한글을 쓰는데 조금씩 자신감을 갖기 시작했고 어느새 나는 캐네디언이예요 하던 대답이 나는 반은 한국인 반은 캐네디언이예요로 바뀌어 갔다.

꼬박 2년이 걸린 것 같다. 이제 조금만 더하면 나는 자랑스런 대한민국 어린이예요.로 완전히 바뀌겠지….

희망을 가져본다. 2년차 한글학교 교장을 해오면서 가끔 어느새 훌쩍 커버린 아이가 한국어를 몰라 대화가 통하지 않아 답답해하는 부모님들을 만난다. 사춘기 아이들은 같은 모국어로 대화하기도 어려운 게 사실인데 언어마저 장벽을 이루고 있으니 이곳 낯선 나라에서 사춘기 아이들을 키우는 것은 두 배로 어려운 일인 것 같다. 그래서 올해부터 우리 한글학교에서는 중등부 수업을 시작했다. 한국의 중등부 수업에 대해서도 들려주고 한국의 k-pop에 대해서도 알려주고 우리가 왜 한글을 배우고 한국인일 수밖에 없는지도 그리고 우리나라 역사에 대해서도 조심스레 접근해가고 있다.

그러나 사실 10마디에서 그 아이들이 이해하는 건 2,3마디뿐 나머지는 그냥 흘려 버려지는 게 현재다. 그래도 아이들이 우리나라가 어떤 나라인지 왜 우리가 한국어를 배워야 하는지 왜 우리가 한국인일 수밖에 없는지… 꾸준히 알려줄 것이다.

내가 낯선 나라에서 제일 잘할 수 있는 일이 바로 이것이기 때문이다.

아이 하나를 변화시키는데 2년이라면 그 시간이 흘러 우리 아이들이 자신의 뿌리를 찾을 수 있다면 낯선 나라에서 힘겹게 살아가는 우리 모두에게 너무나 감사한 일이 될 것이라 믿는다.

교실도 제대로 갖추지 못하고 제대로 된 교재도 없고 이민의 삶도 고되지만 그래도 우리 아이들에게 한국인의 뿌리를 찾아주고자 오늘도 애쓰고 있는 우리 한글학교 선생님들과 모든 부모님들은 우리 아이들이 당당한 한국인으로 살아가는 그날까지 계속 연구하고 계속 시도하고 우리 아이들과 함께 노력해갈 것이다. 작지만 강한 나라 그 나라 대한민국이 우리나라임을 잊지 않고 늘 자랑스러워하며 살아가게 할 것이다. 그것이 우리가 이 낯선 나라에서도 당당하게 살아갈 수 있는 길이기 때문일 거다.

오늘도 나는 가슴에 태극기를 세기며 마음속으로 다짐해본다. 나는 자랑스런 대한민국의 국민으로 이 나라에서도 당당하게 대한민국의 한 사람으로 살아갈 것이라고….

내 마음 속 어른님 벗님

장 인영(토론토)

"여보, 여보. 당신은 애국자라고 생각해?"

"이 사람이! 내가 애국자면 캐나다에 와서 살겠어? 내 땅에 두발 딱 붙이고 있지. 내 땅 떠나온 사람이 뭔 놈의 애국이고 애국자야."

"어머머머, 이이는. 아니, 무슨 애국이 대한독립만세를 불러야만 애국이고 에베레스트에 태극기 꽂아야만 애국이야? 캐나다에 살면, 뭐? 우리가 남이야? 왜 성질을 내고 그래."

남편에게 애국자라고 생각하느냐? 고 물었다가 시원한 대답은커녕 아침부터 소란만 피운 꼴이 됐다.

도대체 사람들은 애국이나 애국자를 어떻게 생각하는 걸까? 뭔가 눈에 보이는 성과로 국익을 위해 크게 일익을 담당했을 때만이 애국이요, 애국자라고 생각하는 것은 아닐까? 아무리 생각해봐도 궁금증이 가시지 않는다.

우리는 1945년 8월 15일에 광복을 맞았다. 우리나라는 일제강점기로 들어선 1910년부터 1945년까지 나라를 되찾기 위한 크고 작은 항쟁으로 편한 날이 없었다. 자연히 일제탄압에 항거한 민초나 단체들이 많이 생겨났다. 그들 모두가 대한독립이라는 절체절명의 명분으로 하나가 되어 치열하면서도 처절한 독립운동을 이어갔다. 그 중에서도 비밀결사조직 신민회는 조직적이면서도 체계적으로 움직이며 일본의 간담을 서늘하게 만든 두드러진 활약을 보였다.

독립운동이 계속되는 동안 시도 때도 없이 조여오던 일제의 탄압과 핍박을 어찌 말로 다할 수 있겠는가? 차마 눈뜨고는 볼 수 없을 만큼 잔혹한 만행으로 수많은 독립투사들이 목숨을 잃어갔고, 독립운동을 짓밟기 위한 일제의 탄압강도 또한 높아갔다. 하지만 그들의 탄압이 심해지면 심해질수록 우리의 의지와 애국정신은 사그라질 줄 모르고 더욱 불타올랐다.

그 과정에서 독립운동 전면에 나선 이들도 있었고, 비밀리에 독립자금을 후원하는 등 숨은 후원자들도 있었다. 또한 대한독립의 정당성을 세계에 알리고자 독립선언문을 낭독한 민족대표 33인이 있었고, 일제의 총칼 앞에 목숨을 두려워 않고 목이 터져라 독립만세를 외치며 장렬하게 희생당한 수많은 민초들이 있었다.

남녀노소, 신분의 고하를 막론하고 그 시대를 살았던, 그 시대의 아픔을 같이 했던 사람들은 누구나 뜨거운 가슴으로 대한독립을 염원하고 투쟁했으며 대한독립이라는 대의명분 앞에서 나 한 사람, 개인의 희생은 두려워하지 않았다.

이들 중 누구는 애국자이고 누구는 애국자가 아니라고 말할 수 있을까? 역사 속에 이름을 올린 자는 애국자이고, 이름을 올리지 못한 민초들은 기억 속에서 지워버려도 좋은 헛된 희생이었을까?

절대 그렇지 않다. 그 어떤 잣대로도 나라를 구하기 위해 그들이 흘린 피와 희생에 차별을 두어서는 안 된다. 그 시대의 수많았던 이름 모를 애국자들이 없었다면 우리의 오늘 또한 없는 것이다.

역사는 일회적인 사건의 편린이 아니다. 그들이 그렇게 갈망하던 대한독립을 이룬 순간 역사가 멈추지 않았듯이, 그들이 가졌던 애국심 또한 사라지지 않고 있다. 그들, 그 어른님들이 가슴에 품었던 뜨거운 애국심은 우리 가슴 속으로 타고 흘러 시대가 변할 때마다, 어려움이 닥칠 때마다 또 다른 모습으로 꿈틀거렸다.

1970년대 초반, 경제기반이 없던 그 시기에 내가 번 외화로 우리나라가 잘 살 수만 있다면, 세계 속에서 당당한 내 조국을 볼 수만 있다면 하는 바람으로 온갖 궂은일을 마다 않으며 국가 경제의 초석을 놓아주었던 파독 광부나 간호사들의 희생정신으로, 군부독재에 맞서 처절하게 민주항쟁을 이끌었던 386세대의 민주주의 정신으로, 나라의 앞날을 걱정하며 온 국민이 한마음으로 촛불을 들었던 최근의 촛불시위까지, 나라를 걱정하고 지키려는 애국정신은 이렇듯 소멸이 아닌 불멸의 정신으로 이어져왔다.

내가 캐나다에 살고 있다고 한국인이 아니라고 생각한 적이 없다. 또한 나와 내 조국의 공간적인 배경이 다르다고 애국과 유리되어 있다고 생각한 적도 없다. 오히려 공간적인 거리감이 내가 한국인임을, 내가 조국을 얼마나 사랑하고 자랑스러워하는 지를 새삼스레 확인해주는 장치가 됐음이 한 두 번이 아니다.

애국은 어떤 핵심인물들만이 할 수 있는 대단한 것이 아니다. 캐나다에서 우리 자녀들이 다양한 방면으로 진출할 수 있도록 키우고, 그들이 한국의 말과 문화를 잊지 않고 살아갈 수 있도록 한국인의 자긍심을 갖게 해준다면, 그 또한 애국인 것이다. 우리 어른님들이 그토록 찾고 싶어 하던 내 나라, 내 조국에 대한 애국심이 캐나다의 다문화 속에서 한인 커뮤니티의 영역을 넓혀가며 긍정적인 영향을 줄 때, 또 다른 애국으로 발현되는 것이다.

이와 같이 평범한 삶 속에서 작은 애국을 실천할 때, 대한독립을 위해 투쟁하던 애국지사들의 뜨거운 애국심을 얼마든지 만날 수가 있는 것이다. 그 어른님들의 애국심, 바로 내 안에, 우리 안에 있는 것이다. 뜨거운 우리 가슴속에 살아있다. 영원히!

역사를 잊은 민족에게 미래는 없다

정 낙인(오타와 칼튼대학교)

2010년 10월 12일 대한민국 서울의 상암 월드컵 경기장에서 한국과 일본 축구대표팀의 경기 중 있었던 일이었습니다. 대한민국 축구 대표팀의 응원단인 붉은 악마는 경기 시작 전 이순신 장군과 안중근 의사의 모습이 담긴 통천을 준비하여 관중석에 배치하였고 전반전이 끝나고 쉬는 시간 때는 '역사를 잊은 민족에게 미래는 없다'라는 대형 현수막을 준비하여 조국을 위해 희생하신 두 위인을 기리고 동시에 경기장을 찾은 일반 관중들과 일본 팬들에게 '경술국치 100년'을 알리는 행사를 진행 하였습니다. 이러한 모습들을 보면서 특히 '역사를 잊은 민족에게 미래는 없다'라는 현수막을 보면서 여러 부분을 생각해 볼 수 있었습니다.

우선 우리 스스로 역사의 한 부분이셨던 애국지사들에 대한 추모와 기념에 대해 너무 소홀하였던 것이 아니었나 생각해보았습니다. 올해로 광복 67주년이 되었습니다. 그 광복을 이뤄내신 애국지사 분들에 대한 추모와 적절한 사후평가가 67년 동안 미흡하였다고 생각이 들었습니다. 이제라도 조국을 위해 희생하셨던 애국지사 분들에 대한 역사적 재평가와 그 후손들에 대한 적절한 보상 및 그 분들에 대한 추모가 반드시 이루어져야 한다고 생각합니다.

두 번째로 우리들 모두가 현재의 삶이 바쁘며 미래지향적인 삶을 살다 보니 역사에 대해 잊고 살고 있으며 소홀하게 생각하고 있는 것은 아닌가 생각 봅니다. 실제로 학생들의 교과 과정에서 대한민국의 역사 부분을 담당하고 있는 국사 과목이 날이 갈수록 축소되는 형태에 있으며 3월1일, 3.1절이나 8월 15일 광복절과 같은 국가 기념일을 단지 휴일로만 생각하는 사람들이 점점 늘어나는 추세입니다. '역사는 미래의 거울이다'라는 말이 있습니다. 역사를 통하여 미래를 예측하고 예전에 생겼던 과오를 뉘우치고 되풀이 하지 않기 위해서는 역사에 대한 학습이 매우 중요하다고 할 수 있겠습니다. 그렇기 때문에 일선 학교에서의 국사과목이 더 늘어나서 학생들에게 올바른 역사교육이 되어야 한다고 생각하고 또한 우리 국민 스스로 3.1절이나 광복절 같은 국가 기념일을 더욱 더 돌아보고 챙겨야 한다고 생각합니다.

서두에서 제가 말한 듯이 '역사를 잊은 민족에게 미래는 없습니다'. 이 나라 대한민국은 소중한 애국 지사 분 들의 고귀한 희생으로 빚어진 나라입니다. 그러므로 우리는 그들에 대한 빚을 항상 기억하고 추모하며 후대에 지속적으로 교육해 나가야 할 것입니다. 그러한 맥락에서 볼 때 '애국지사 기념사업회'의 이러한 글짓기 활동은 매우 당연하고 바람직한 활동이라고 생각하고 있습니다. 이런 추모, 기록 사업이 대한민국 내에서뿐만 아니라 이렇게 해외에서도 활발히 이루어져 대한민국 국민들이 역사를 잊지 않고 미래에 대한 발전을 할 수 있는 나라가 되었으면 하는 바람이 있습니다. '역사를 잊은 민족에게 미래는 없다' 라는 표어에서 보는 항상 역사에 대해 학습하고 되새기며 미래에 대해 대비한다면 후대에 더욱 더 발전적이고 모범적인 한민족이 될 것이라고 생각합니다.

자랑스러운 한국

정 유리(Aurora High School)

저는 한국에서 태어나 한국의 문화를 익히며 살았습니다. 캐나다에 와서는 한국의 문화를 잘 접하지 못하였고 가족과의 대화나 한글 책을 읽는 것만으로 만족해야 했습니다. 그러던 중 한국 TV 방송을 보게 되었는데 저는 깜짝 놀랐습니다. 왜 이렇게 외래어가 많은 건지! 방송 자막, 프로그램 이름, 대화들, 회사나 제품 이름 등 외래어가 쓰이는 경우가 정말 많았습니다.

언어학자들에 의하면, 어느 나라의 언어는 그 나라의 사회를 나타낸다고 합니다. 우리나라는 한글로 표현할 수 있는 말조차 외래어로 많이 사용하고 있었습니다. 사람들은 외래어를 쓰면 멋지고 고지식하게 보일 거라고 생각하지만, 적절하지 못한 표현을 하지 못해 어색하게 들리는 경우가 대부분입니다. 한국의 음료수 "쿨피스"가 한 예입니다. 한국에서는 예쁜 영어이름처럼 들리지만, 영어로는 "차가운 오줌" 이라는 뜻을 가지고 있습니다.

"한국적인 것이 가장 세계적인 것이다"라는 말이 있듯이 우리나라 문화를 가꾸고 알리려면 사람들뿐만 아니라 특히 매개체에서 한글 사용을 늘여야 합니다. 요즘 문화는 매체를 통해 사람들 사이로 퍼져 나중엔 세계로도 퍼지게 됩니다. 만약 방송이나 인터넷, 그리고 신문 등에서 한글을 자주 쓰게 되면, 사람들도 외래어 사용을 줄일 것 같습니다. 사업가들은 그 추세에 맞추어 제품 이름 들을 한글 이름으로 짓게 되고, 그 제품을 수출하게 됨으로써 해외인들에게 한글을 접할 수 있는 기회를 제공할 수 있고, 해외인들에게 나쁜 인상을 줄 수 있는 경우는 훨씬 줄게 됩니다.

세계적으로 한국은 '떠오르는 별'로 여겨져 많은 관심을 받고 있지만, 아직은 중국이나 일본처럼 인상이 강하지 않습니다. 흔히 외국인이 동양인을 보면 중국인이나 일본인 일거라고 생각하는 것이 대부분입니다. 중국과 일본은 한국보다 일찍 세계에 진출하였고, 지금까지도 각자 문화의 참신함을 보여주려는 노력을 하고 있습니다.

모국어 사용이 잦으면 다른 나라에겐 새로운 인상을 줄 수 있기 때문에 우리나라의 문화를 쉽고 강하게 전파할 수 있습니다. 우리 것을 잃으면 세계의 관심을 받을 수 없을 뿐만 아니라 한국의 소중한 독창성을 잃게 됩니다.

우리의 소중한 문화와 독창성을 이어가는 것, 그것은 한국인으로써 모두가 해야 할 일입니다. 나는 자랑스러운 한국인 입니다.

부끄럽지 않은 역사와 숨은 애국지사

정 재관(토론토)

현재 우리나라는 IT 강국으로 경제, 문화 등 많은 분야에서 전 세계적으로 이름을 날리고 있는 강대국이다. 그러나 불과 약 100년 전만 해도 우리에게는 나라가 없었고, 힘이 없었으며, 국권을 잃고, 심지어는 일장기를 달고 올림픽에 출진 했어야 했다.

그 당시 세계에서는 대한민국이라는 국가의 존재조차도 몰랐었을 때이다. 하지만 우리는 지금 그 아픔을 딛고 세계 속에서 우뚝 서 있다. 나는 지금의 우리 자랑스러운 나라는 그때의 고난과 수난에 어려움 속에서 만들어진 한 많은 역사가 있었기에 가능하였다고 본다.

많은 사람들이 한때 나라를 일본에게 빼앗기고 말았던 역사를 부끄럽게 생각하기도 한다. 나 또한 그렇게 생각 했던 적이 있었다. 그때는 우리나라는 일본제국에 의해 강제 합병이 되었고 그 지배하에 있었기 때문이다. 그러나 일제강점기 때에도 우리의 선조들은 끊임없이 나라를 되찾기 위해 노력했다. 김구 선생님, 윤봉길 의사, 안중근 의사, 유관순 열사, 김좌진 장군, 홍범도 장군 등 수많은 독립 운동가들이 나라안팎에서 어려운 여건하에서도 독립운동을 위해 싸웠다. 우리가 잘 아는 이분들에 대해서 되새기는 것도 큰 의미가 있지만 나는 우리가 잘 모르는 숨겨진 애국지사들에 대해 잠시 이야기 하고 싶다.

예를 들어서 우리가 잘 아는 청산리대첩은 김좌진 장군이 청산리에서 2,500명으로 일본군 5만 명과 싸워 일본군에게 3,300명을 죽이고 대파한 사건이다. 그러나 이 사건 이후로 일본은 만주(간도지방)에 있는 조선인 마을들을 포위, 습격한 뒤 약 3,500명의 무고한 주민들을 학살했다. 이 사건을 간도참변 혹은 경신참변이라고 한다. 또한 이 사건만 아니라 다른 장소에서도 독립군이 승전을 하면 항상 다음은 조선인에 대한 일본군의 보복이 따랐다.

나는 이때, 이름 모르게 죽은 수많은 조선민중들을 애국지사라고 말하고 싶다. 이들은 만주에 독립 운동가들에게 독립운동을 할 수 있는 여건과 왕성한 활동을 실현 가능하게 한 숨은 독립 운동가들이다.

만주독립항쟁사가 있을 수 있었던 이유는 만주에 거주하고 있던 조선인들의 모르는 후원들이 있었기 때문이다. 당시 만주에는 자연재해와 일제의 억압 등으로 많은 한국인들이 이주해 산악지대를 개간하며 살고 있었다. 나라 잃은 백성들이 나라를 등질 수 밖에 없는 극한 어려운 상황에서도 독립 운동가들을 도왔다. 어려운 재정 상황으로 보급품도 받지 못하는 만주독립군이 먹고 살 수 있는 환경이 만들어 졌으며 때로는 몸을 피해야 하는 독립 운동가들에게는 좋은 피난처가 되기도 했다. 나는 청산리대첩에서 대 활약을 펼친 김좌진 장군도 우리가 꼭 알아야 할 역사지만, 그 독립군들을 활약할 수 있게 하고 희생까지 한 조선민중들의 활약이야말로 우리가 일제강점기에서 벗어나 광복을 맞이할 수 있는 초석이 되었다고 본다. 결코 그들의 숨은 독립 항쟁이 없었으면 조국 광복은 실현 될 수 없는 일이 아니었을까 생각한다. 그래서 더 더욱 잘 알아야 하며 깊게 마음속에 새겨 볼 필요가 있다고 여겨진다.

우리나라의 일제강점기 역사는 어떻게 보면 35년 밖에 안된 짧은 역사지만, 지금의 강성한 대한민국을 만든 중요한 역사의 발판이기에 캐나다에서 살고 있는 한인 동포로서, 이민자로서 유학생으로서 꼭 알아야 한다. 어떤 사람들은 일제강점기 역사가 우리나라 수치의 역사라고도 하고 부끄러워하며 이야기하기를 꺼려한다. 그러나 일제강점기 역사는 우리나라가 힘이 없어 일본한테 나라를 뺏기고 치욕을 당한 부끄러운 역사라고 생각을 해서는 안 된다.

일본이 19세기 후반부터 2차 세계대전까지 제국주의로 인하여 우리나라를 포함한 다른 아시아 국가들을 수탈하고 억압하고 짓밟는 약탈의 역사를 살았고, 2차 세계대전 이후에는 무책임하게 미국 군정 아래, 자기들의 저지른 만행의 역사로부터 도피를 해왔다. 반면에 우리나라는 6.25 전쟁과 남북 분단의 아픔이 있긴 하지만, 인권에 대해서 배웠으며 민족이 무언가를 느끼고 나라를 어떻게 지켜야 하는 지를 알고 투철하게 싸운 결코 부끄러울 수만은 없는 자랑스러운 역사의 시간들이었다. 그 역사 속에는 조선민중들의 수 없이 많은 희생들이 있었기에 나는 이 부끄럽지 않은 역사와 자랑스러운 우리나라에 가슴이 벅차다. 그때 이름 없이 조선의 백성으로 순국한 이름 모를 민중에게 애도하며 경의를 표할 뿐만 아니라 그들은 우리 민족의 역사 속에서 영원히 기억되어야 할 또 다른 숨겨진 애국지사이다.

애국지사의 마음

이 신실(토론토)

오천 년 역사의 숨소리에
당신의 숨소리가 들려옵니다
빼앗긴 산마다 들마다
독립의 깃발을 꽂으려
삼천리를 달리는 당신의 거친 숨소리가
대한민국 방방곡곡에서 들려옵니다
나라 없이 살아갈 후손들 될까
당신이 목숨을 바쳐 지켜낸 나라 대한민국은
고난을 뚫고 세계 속에 우뚝 서 있습니다

오늘을 살아가는
대한민국사람 마음에
당신의 마음이 들려옵니다
강인하고 정직하며 성실한 대한민국을 꿈꾸는

시대가 변하여도 사람이 바뀌어도
세계 어느 곳에 흩어져도
대한민국 사람임을 잊지 않고
정직하고 성실한 능력으로
자신을 지켜서 나라를 지키는 건강한 사람들
당신이 꿈꾸었던 대한민국을 지켜 나가길 바라는
당신의 눈물석인 마음이
대한민국 모두에게 들려옵니다
영원한 대한민국을 꿈꾸는 당신의 마음이
캐나다 토론토까지 들려옵니다

부록

- 애국지사기념사업회(캐나다) 약사 및 사업실적
- 애국지사기념사업회(캐나다) 동참 및 후원 안내
- 애국지사들의 이야기1,2 독후감 공모

애국지사기념사업회(캐나다)
약사 및 사업실적

- 22010년 3월 15일 한국일보 내 도산 홀에서 50여명의 발기위원들이 참석한 가운데 창립. 초대회장에 김대억 목사를 선출하고 고문으로 이상철 목사, 유재신 목사, 이재락 박사, 윤택순 박사, 구상회 박사 등 다섯 분을 위촉했다.
- 2020년 8월 15일 토론토한인회관에서 거행된 제 65회 광복절 기념식에서 김구 선생(신재진 화백), 안창호 선생(김 제시카 화백), 안중근 의사(김길수 화백), 등 세분 애국지사의 초상화를 동포사회에 헌정하다.
- 애국지사기념사업의 필요성과 중요성을 동포들에게 인식시킴과 동시에 애국지사들에 관한 책자, 문헌, 사진과 기타자료를 수집하다.
- 2011년 2월 25일 기념사업회가 계획한 사업들을 추진할 자금을 확보하기 위한 모금만찬을 개최하고 $8,000,00을 모금하다.
- 2011년 8월 15일 토론토 한인회관에서 거행된 제 66회 광복절 기념식에서 윤봉길 의사(이재숙 화백), 이봉창 의사(곽석근 화백), 유관순 열사(김기방 화백) 등 세분 애국지사의 초상화를 동포사회에 헌정하다.
- 2011년 11월 캐나다에 거주하는 모든 동포들을 대상으로 애국지사들에 관한 문예작품을 공모하여 5편을 입상작으로 선정 시상하다. / 시부문 : 조국이여 기억하라(장봉진), 자화상(황금태), 기둥 하나 세우다(정새회), , 산문 : 선택과 변화(한기옥), 백범과 모세 그리고 한류문화(이준호), 목숨이 하나밖에 없는 것이 유일한 슬픔(백경자)
- 2012년 3월에 완성된 여섯 분의 애국지사 초상화와 그간 수집한 애국지사들에 관한 책자, 문헌, 사진, 참고자료 등을 모아 보관히고 전시할 애국지사기념실을 마련하기로 결의하고 준비에 들어가다.
- 애국지사들에 관한 지식이 없는 학생들이나 그 분들이 조국을 위해 목숨까지 바친 애국정신에 별다른 관심이 없는 동포들에게 애국지사들이 국가와 민족을 위해 무엇을 희생했는가를 알리기 위해 제반 노력을 경주한다.
- 2012년 12월 18일에 기념사업회 이사회를 조직하다.
- 2012년 12월에 캐나다에 거주하는 모든 동포들을 대상으로 애국지사들에 관한 문예작품을 공모 1편의 우수작과 6편의 입상작을 선정 시상하다.
  우수작 - (산문)각족사와 국사는 다르지 않다.(홍순정) / 시 : 애국지사의 마음(이신실)/ 산문 : 역사를 잊은 민족에게 미래는 없다.(정낙인), 애국지사들은 자신의 목숨까지 모든 것을 다 바쳤다(활규호), 애국지사(김미셀), 애국지사(우정회), 애국지사(이상혁)
- 2013년 1월 25일 이사회를 개최하여 해당년도 사업계획과 예산안을 확정하다.
- 2013년, 해당년도 사업을 추진하는데 필요한 자금을 확보하기 위한 모금만찬을 개최하고 $6,000,00을 모금하다.

- 2013년 8월 15일 토론토 한인회관에서 거행된 제68회 광복절 기념식에서 이준 열사, 김좌진 장군, 이범석 장군 등 세 분 애국지사의 초상화를 동포사회에 헌정하다.
- 2013년 10월 애국지사들을 소재로 문예작품을 공모 우수작 1편과 입상작 6편을 선정 시상하다.
- 2013년 11월 23일 토론토 영락문화학교에서 애국지사기념사업의 중요성과 필요성에 관해 강연하다.
- 2013년 12월 7일 한인회관에서 거행된 '차세대 문화유산의 날' 행사에서 토론토지역 전 한글학교 학생들을 대상으로 "우리 민족을 빛낸 사람들"이란 제목으로 강연하다.
- 2014년 1월 10일 이사회를 개최하고 해당년도 사업계획과 예산안을 확정하다.
- 2014년 3월 14일 기념사업회 운영을 위한 모금을 확보하기 위한 모금만찬회를 개최하고 $5,500,00을 모금하다.
- 2014년 8월 15일 토론토 한인회관에서 거행된 제 69회 광복절행사에서 손병희 선생, 이청천 장군, 강우규 의사 등 세분 애국지사의 초상화를 동포사회에 헌정하다.
- 2014년 10월 애국지사 열여덟 분의 생애와 업적을 수록한 책자 '애국지사들의 이야기·1'을 발간하다.
- 2015년 2월 7일 한국일보 도산홀에서 '애국지사들의 이야기 1' 출판기념회를 하다.
- 2015년 8월 4일 G. Lord Gross Park에서 임시 이사회 겸 친목회를 실시하다.
- 2015년 8월 6일 제 5회 문예작품 공모 응모작품을 심사하고 장원 1, 우수작 1, 가작 3편을 선정하다.
  장원 : 애국지사인 나의 할아버지의 삶(김석광) / 우수작 : 백범 김구와 나의 소원(윤종호) / 가작 : 우리들의 영웅들(김종섭), 나대는 친일 후손들에게(이은세), 태극기 단상(박성원)
- 2015년 8월 15일 한인회관에서 거행된 제 70주년 광복절기념식장에서 김창숙 선생(곽석근 화백), 조만식 선생, 스코필드 박사(신재진 화백) 등 세분 애국지사의 초상화를 동포사회에 헌정하다. 이어서 문예작품공모 입상자 5명을 시상하다.
- 2016년 1월 28일 이사회를 개최하고 해당년도의 사업계획과 예산안을 확정하다.
- 2016년 8월 3일 사업회 야외이사회를 개최하고 이사 상호간의 친목을 다지다.
- 2016년 8월 15일 거행된 제 71주년 광복절 기념식에서 이시영 선생, 한용운 선생 등 두 분 애국지사의 초상화를 동포사회에 헌정하다. 또한 사업회가 제작한 동영상 '우리의 위대한 유산 대한민국'을 절찬리에 상영하다. 이어 문예작품공모 입상자 5명에게 시상하다. 최우수작 : 이은세 / 우수작 : 강진화 / 입상 : 신순호, 박성수, 이인표,
- 2016년 8월 15일 사업회 운영에 대한 임원회를 개최하다.
- 2017년 1월 12일 정기 이사회를 개최하고 사업계획 및 예산안을 확정하다.
- 2017년 8월 12일 사업회 야외이사회를 개최하고 이사 상호간의 친목을 다지다.
- 2017년 9월 11일 한국일보사에서 제7회 문예작품 공모 입상자 수상식을 실시하다. 장원 : 내 마음 속의 어른 님 벗님(장인영), 우수작 : 외할머니의 6.10만세 운동(유로사), 입상 ; 김구선생과 아버지(이은주), 도산 안창호 선생의 삶과 이민사회(양중규, 독후감: 애국지사들의 이야기 1(노기만)

애국지사기념사업회(캐나다)

동참 및 후원 안내

후원하시는 방법 / HOW TO SUPPORT US

Payable to Canadian Association For Honouring Korean Patriots로 수표를 쓰셔서

Canadian Association For Honouring Korean Patriots

1004-80 Antibes Drive Toronto. Ontario.

M2R 3N5로 보내시면 됩니다.

사업회 동참하기 / HOW TO JOIN US

애국지사기념사업회(캐나다)에 관심 있는 분이면 남녀노소 연령과 관계없이 누구나 회원으로 가입하실 수 있습니다.

회비는 1인 년 $20입니다. (전 가족이 가입할 수도 있습니다.)

회원 가입을 원하시는 분은 **416-661-6229**나

E-mail : **dekim19@hotmail.com**으로 연락주시기 바랍니다.

「애국지사들의 이야기·1,2」

독후감 공모

「애국지사들의 이야기·1,2」에는 우리나라의 독립을 위해 신명을 바치신 애국지사들의 이야기가 수록되어 있습니다. 이 분들의 이야기를 읽고 난 독후감을 공모합니다.

• 대상 애국지사

본서 및 애국지사들의 이야기 1에 수록된 애국지사들 중에서 선택

• 주제

1. 모모국의 국권회복을 위해 희생, 또는 공헌하신 애국지사들의 숭고한 나라사랑을 기리고자 하는 내용.
2. 2세들의 모국사랑정신을 일깨우고, 생활 속에 애국지사들의 공훈에 보답하는 문화가 뿌리내려 모국발전의 원동력으로 견인하는 내용.

• 공모대상

캐나다에 살고 있는 전 동포(초등부, 학생부, 일반부)

• 응모편수 및 분량

편수에는 제한이 없으나 분량은 A4용지 2~3장 내외(단 약간 초과할 수 있음

• 작품제출 처 및 작품 접수기간

접수기간 : 2018년 8월 15일부터 2019년 7월 30일

제출처 : Canadian Association For Honouring Korean Patriots
1004-80 Antibes Drive Toronto. Ontario. M2R 3N5 /
E-mail dekim19@hotmail.com

• 시상내역

최우수상/ 우수상 / 장려금(상금 및 상장)

• 당선작 발표 및 시상 : 추후 신문지상을 통해 발표

조국과 민족을 위해 모든 것을 바친
애국지사들의 이야기·2

초판인쇄 2018년 05월 25일
초판발행 2018년 05월 30일

지 은 이 애국지사기념사업회(캐나다)
펴 낸 이 이혜숙
펴 낸 곳 신세림출판사
등 록 일 1991년 12월 24일 제2-1298호

04559 서울특별시 중구 창경궁로 6, 702호(충무로5가, 부성빌딩)
전 화 02-2264-1972
팩 스 02-2264-1973
E-mail shinselim72@hanmail.net

정가 15,000원

ISBN 978-89-5800-200-0, 03810